Illusion of Maiko

Tadashi Ohta

幻《げん》影《えい》のマイコ

太田《おおた》忠司《ただし》

長編ミステリー
書下ろし

NON NOVEL

祥伝社

目　次　contents

1　驟《しゅう》 雨《う》……9
2　依 頼……21
3　調 査……35
4　黒 蘭……55
5　会 食……66
6　拉《ら》 致《ち》……79
7　混 迷……98
8　背 信……105
9　追 跡……124
10　騒 動……142
11　上 昇……162
12　殺 人……169
13　捜 索……184
14　人 質……193
15　引 金……203
16　帰 還……208
17　対 面……212
18　犯 人……216

モルディブ
警察署
トレーダーズ・ホテル
ロアシャニー・マグ
メドゥジヤライ・マグ
バイオレット・マグ
住宅街
インド洋

マーレ島全図
0
300m
N
オーキッド・マグ
黒蘭地帯
マジディー・マグ
オフィス街
チャンダニー・マグ
インディラ・ガンジー記念病院
イザディーン・マグ
ボドゥタクルファヌ・マグ

カバー＆本文イラスト／鈴木康士
カバー＆目次デザイン／bookwall
地図作成／三潮社

1　驟雨《しゅうう》

モルディブの翡翠《ひすい》色の海の向こうに、白亜《はくあ》の人工島が浮かんでいた。

直径五キロの円錐《えんすい》形をしていて、青い空を背景にくっきりとしたシルエットを見せている。

その名を地球駅《アース・ステーション》という。

その頂点から今、銀色に輝く昇降機《ビークル》が上昇していく。蚕《かいこ》の繭玉《まゆだま》のような形をした乗り物だ。それが三輛連《りょうつら》なっている。ひとつのビークルには最大二十人の乗客と五人のクルーが乗り込み、移動中は各ビークル間の移動はできない。ここからは見えないが、駅の頂点からはカーボンナノチューブ製のケーブルが伸びている。その長さ、九万六千キロメートル。人類史上最長の建造物だ。ビークルはそのケーブルをガイドにして地球の重力圏を脱し、宇宙へと向かう。規模は超巨大だが、構造はエレベーターと同じだ。実際その乗り物は軌道エレベーターと呼ばれている。

私はビークルが上昇していく様《さま》をモルディブ共和国の首都でもあるマーレ島の東端、かつては人工ビーチだった場所から眺《なが》めていた。三月の陽差《ひざ》しは柔らかく、波の音が耳に心地《ここち》好い。

モルディブはインド洋に浮かぶ千二百ほどの小さな島々から成る群島国家だ。マーレはその中の北マーレ環礁《かんしょう》の南端に位置する起伏のない小島だった。東西約二・五キロ、南北約一・五キロ。歩いても一時間ほどで一周できてしまう大きさだが、そこに今は十五万人もの人間が住んでいる。二十世紀でも世界一人口密度の高い都市だったが、そのときでも人口は十万人程度だった。建築物の高層化と、地球駅というマーレ以上の大きさとなる人工島の建設によって、モルディブ政府は人口爆発によるカタストロフを免《まぬか》れることができた。

　そして今は、宇宙への玄関口となった。

　左手首が軽い振動を感じる。ウェラ＝ウェアラブル端末がバイクの充電完了を告げたのだ。

　バイクの側面から広げていた太陽電池モジュールを収納すると、陽差しを受けて温かくなったシートに跨《また》がる。快適なモーター音と共に走りだした。


　モルディブにはふたつの季節がある。

　五月から九月にかけて南西の季節風によってもたらされる雨期と、十二月から四月にかけて北東からの季節風が呼び寄せる乾期だ。

　ただし、雨期といっても日本の梅雨《つゆ》のように何日も雨が降りつづくというわけでもない。日に数回のスコール以外は、からりと晴れている。逆に乾期でも突然、雨に襲われたりもする。

　今日が、そうだった。突然の驟雨《しゅうう》に見舞われたとき、私はチャンダニー通り《マグ》をバイクで走っていた。

　日本と違ってヘルメットの着用など義務付けられていないので、スコールが直接顔に叩きつける。

　バイクを停《と》めて雨止《や》みを待つことにした。

「ユーキ！」

　声をかけられた。振り向くと見慣れた少年が紅茶の店の前で手を振っていた。手を振り返すと、彼は雨の中こちらに駆けてきた。

「何してるの、ユーキ？」

　現地人以外と話すときは英語のほうが通じやすいことを知っているので、私に話しかけてくるときでさえ彼はディベヒ語は使わない。

「買い物だ」

　自分でも素《そ》っ気《け》なく感じる口調で答えた。

「何を買ってきたの？　酒？」

「私が酒を飲まないことは知っているはずだ。そもそもそんなもの、売ってるわけがないだろう」

「何言ってるんだよ。探せばどこにでもあるじゃんか」

イスラム圏であるモルディブでは、観光客用のリゾート以外は昔から酒は御法度《ごはっと》のはずだった。しかし近年、他国からの移民流入によって規範は崩れつつある。闇ルートではあるが、酒類の入手は以前より楽になったのだ。

「そんなことより、おまえは何をしてたんだ、アブロ」

「俺だって買い物だよ。母さんに頼まれた」

背中のリュックサックを見せつける。

「これから帰るのか。だったら乗せてってくれよ」

「かまわないが、雨が止むまで待て」

「どうして？」

「運転しにくいからだ」

私が言うと、アブロはびっくりしたような顔になる。

「ユーキはバイクの運転が下手《へた》なのか。雨が降ると運転できなくなるのかい？」

「念のためだ。じきにスコールは収まる。それまで待っても問題はないだろう。時間はあるんだ」

「つまり、今は仕事がないってことだね」

馬鹿にしたような言いかただった。

「いつから客が来ていない？」

「おまえに話す必要はないな」

「あるよ。だって俺はユーキの助手だから」

「おまえを雇《やと》った覚えはない」

「この前、給料をくれたじゃないか」

「ただの小遣《こづか》いだ。誤解されるくらいなら、やるんじゃなかった」

「ちゃんとユーキのために働いたぜ。俺だって立派な探偵《ディティクティブ》だ」

アブロは自分の胸を親指で差してみせる。

「私は探偵じゃない。便利屋《ハンディーマン》だ」

「そんなこと言って、家にペンキ塗ったり屋根を直したりしないくせに」

「人には得手不得手《えてふえて》がある。大工仕事は苦手なんだ」

そんなことを話しているうちに、雨は唐突にあがった。

「止んだぜ。乗せてってくれよ」

　私は返事をする代わりにバイクのモーターを起動させた。アブロは後ろに乗り込んできた。

　モルディブの首都とはいえ、マーレは道も狭く、都市としての規模のわりには車が少ない。移動はこうしたバイクが一番便利だ。

　町を行き交《か》うのは人間と、それと同じくらいの数のロボットたちだった。私が子供の頃は人間に似せたアンドロイドタイプのものが多かったが、最近はめっきり減った。人間に似せようとすればするだけ違和感が増す〝不気味の谷〟という現象を解決するための努力をするより、機能にデザインも合わせてしまったほうが楽だしコストもかからないためだ。この頃の流行はのっぺりとした甲虫《かぶとむし》型のボディを持ったものだった。マニピュレーター類も体内に収納し、文字どおり大型のコガネムシが這《は》っているように見える。

「ユーキ、俺、月に行くぜ」

　私の胴に抱きついたまま、アブロが言った。

「シャカイケンガクなんだ」

「もうそんな歳《とし》か」

「十歳だからな。ホリタが連れてってくれる。ユーキは月に行ったこと、ある?」

「何度かな」

「ほんと?　どんなところだった?」

「何もない、灰色の世界だ。重力が小さくて歩きにくかった」

「月に住んでる人間って重力が弱いから背が高いってほんと?」

「俗説だ。別に変わらない。そもそも月にいる奴らも、もともとは地球生まれなんだから」

「月で生まれた人間はいないの?」

「いないんじゃないかな」

「エレベーターって釣糸より細い糸で吊るされてる

ってほんと？」

「カーボンナノチューブという特殊な繊維を束《たば》ねてケーブルを作っている。ただしケーブル自体は釣糸よりは太い」

「そんなんで切れないの？　切れたらどうなるの？」

「そういうことは学校で習ってるんじゃないのか」

「先生が教えてくれたよ。でも、信じられないいんだ。そんな細い糸で宇宙まで行けるなんてさ」

「怖《こわ》いのか」

「怖かないよ。いろいろ知っておきたいんだ。万が一のときのためにさ」

　精一杯強がっているように聞こえて、微笑《ほほえ》ましかった。

「本を読め」

　私は言った。

「知識が恐怖を取り除いてくれる」

「本は嫌いだな。読んでると眠くなる。それに俺の書籍デバイス、最近調子悪いんだ。ちらちらして読みにくい」

　私やアブロが住んでいるのは島の南東に位置する住宅街だった。アブロの両親はそこで観光客ではなく現地の人間のためのレストランを開いている。

　バイクを停めると、店先に出ていたアブロの父親のムハンマドが私たちを見て笑みを浮かべた。

「ユーキが乗せてってくれたんだ」

　アブロが報告すると、

「それはよかったな。ユーキ、ありがとう。うちで何か食べてくかね？」

　と言った。でっぷりと肉の付いた長身の男性で、髪をきちんと七三に分けている。腰から下に装着している銀色のフレームは歩行補助ロボット《WAR》だ。ひと昔前のモデルなので、まだいささか不格好に見える。たしかこれもホリタ製で、モルディブ人には格安で提供されているものだ。

　ムハンマドは若い頃に海難事故で脊椎《せきつい》を損傷し、

下半身が麻痺《まひ》してしまったと聞いた。それが今ではWARの補助で階段も問題なく上がれるようになった。

WARはWARでもこれはいいWARだ、というのが彼の口癖《くちぐせ》だった。悪いWARは人を殺すが、このWARは人を生かす、と。

「ありがとう。でも昼食は済ませたんだ。これから事務所に行く」

私は答えた。

「商売は儲《もう》かるかね」

「食える程度にはね。そっちは？」

「同じだよ。家族をぎりぎり食わせていける程度だ。でも満足はしている。ホリタがいろいろ助けてくれるからな。今度アプロは月へ行くことになった」

「聞いたよ。ホリタの学生支援プロジェクトのひとつだな」

「そうだ、シャカイケンガクだ。いい時代になった。ホリタが二十年早くここにきてエレベーターを作ってくれていたら、俺も無償で月に連れていってもらえたのにな」

二十年前というと、やっと軌道エレベーター建設が着工された頃だ。当時はまだ夢物語扱いされていたのを覚えている。ましてやそれが国家事業ではなく、ホリタという一企業が立ち上げたプロジェクトだったのだから、成功を危ぶまれても当然だったかもしれない。

しかしホリタはやり遂《と》げた。十年の歳月をかけて全長九万六千キロに及ぶ人類史上最長の建造物を作り上げ、宇宙旅行の担《にな》い手を訓練されたプロの宇宙飛行士から一般人へと広げたのだ。今年――二〇八五年現在、エレベーターに乗って宇宙へと向かう人間は年間で延べ三万人と聞いている。そのうち月まで行くのが一万人。多くが月面のジュール・ベルヌ駅からディズニームーンへと向かう。

アプロが学校から行くのも、そのコースだろう。

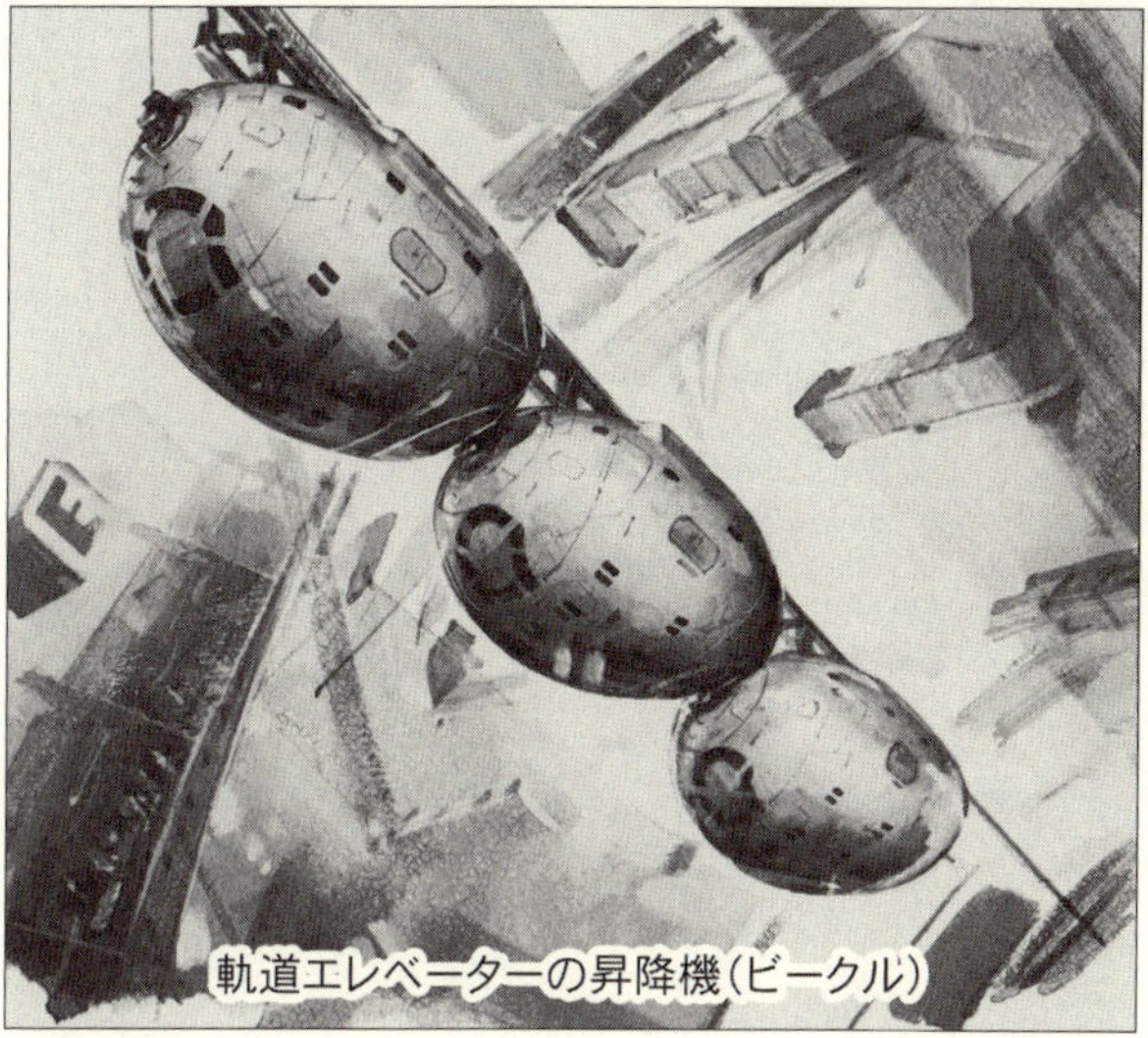

軌道エレベーターの昇降機（ビークル）

モルディブの子供は十歳になるとホリタの招待でエレベーターに乗って月まで連れていってもらえるのだ。

そのアブロは一旦家に入ったが、鞄《かばん》を置いてすぐに出てきた。

「さあ、行こうぜ」

「どこに？」

「決まってるだろ、ユーキの事務所だ」

「また助手気取りか」

「気取りじゃない。俺はあんたの助手だ」

「ムハンマド、どう思う？」

声をかけると、彼は腕組みをして息子に言った。

「宿題はどうした？」

「そんなの、後でやるよ」

「後はない。今やるんだ」

「だって……」

「だってもない。やらないなら母さんに言って飯《めし》抜きにする」

「そんなあ」

アブロは情けない顔をして父親を見た。しかしムハンマドが本気だとわかると、すごすごと家に入っていった。

「息子が迷惑をかけたな」

「いや、たまに助けてもらっているのは確かだ。感謝している」

「そうか。アブロが聞いたら喜ぶ」

「調子に乗って私の事務所に入り浸《びた》るかもしれないがな」

そう言うと、ムハンマドは笑った。

私はバイクを起動させ、彼に手を振って走りだした。

北へ向かい、住宅街からオフィスや官公庁のある区域に入ると、町の様相が変わる。このあたりは再開発で高層ビルができ、一見するとかつての東京やニューヨークと雰囲気が変わらない。車の数も格段に増える。といっても数台が数十台になる程度だが。

バイオレット・マグ沿《ぞ》いにある三階建てのビルの前にバイクを停めた。ここは比較的古い建物で、家賃も安い。二階に上がるとドアの鍵を開けた。

閑散とした部屋だ。置かれているのは私の机と椅子、それから来客用の応接セットのみ。植物や絵画で飾ることもせず、壁に掛かっているのはモルディブ政府から発行された営業許可証だけだった。

机の上のパソコンを立ち上げる。

当節デスクトップなんて旧式の代物《しろもの》を使っているのが少数派であることは充分わかっている。私だってウェラ端末は持っているし、日常のやりとりはそれで済ませている。それでも仕事の窓口となるメールは、このパソコンで受け付けるようにしていた。

メールが十通来ていた。コーヒーを淹《い》れてから、内容を確認する。七通がフィルターをくぐり抜けてきたスパムで、一通はこの前済ませた依頼についての謝礼だった。残る二通は同じアドレスから送られてきている。昨夜午後十一時三十五分と今朝九時十八分に受信していた。送り主の名はハムドゥーン・ナシード。タイトルは「依頼」「依頼／補足」だ。珍しいことに日本語で書かれたものだった。

〈結城世路《ゆうきせろ》様
初めてメール差し上げます。私はハムドゥーン・ナシードと言います。あなたの力を借りたいのですが、お会いできますか。連絡ください〉

〈結城世路様
前のメールで用件を書かなかったことをお許しください。秘密に頼みたいのです〉

二通のいささかぶっきらぼうなメールを読み直し、コーヒーを啜《すす》った。そしてこのメールの主《ぬし》が文面どおりに無愛想なのか、それとも無理に日本語でメールを書いたせいでこんな文面になっているのか考えてみた。結論は出なかった。

コーヒーを飲み干し、カップを洗う。それからソファに腰を下ろしてまた考えた。断るのは簡単だ。今は他の仕事にかかっているから手が離せないとか書いて返信すればいい。相手と同じくぶっきらぼうな文面にすれば、少しは気が晴れるかもしれない。

次に銀行の預金残高を思い出す。最近は目減りする一方だ。入金予定は、今のところない。それでも逼迫《ひっぱく》しているとまでは言えない状況だった。無理して仕事を引き受けなければならないというわけではない。

最後にもう一度メールの文面を思い返した。ハムドゥーン・ナシードと名乗る人物は、私の力を借りたいと言っている。私には今、時間がある。力なら貸してもかまわない。

パソコンで「HAMDHOON NASHEED」を検索してみた。「HAMDHOON」も「NASHEED」もありふれた名前なので、多くの件数が表示された。最初は一項目ずつ確認していったが、該当しそうな人物はいない。途中で面倒になってきた。メールに戻り、明日の午後二時から四時の間なら会えるから事務所に来てくれ、と返事を書いた。我ながら素っ気ない文章だった。送信するとソファに戻り、眼を閉じた。午睡《ひるね》は私にとって必要不可欠な習慣だ。

……ひどい騒音と揺れ、そして何かが焦《こ》げるような臭い。それが一気に襲ってきた。

私はビークルのコクピットにいた。緊急加速のレバーを押している。急速な重力《G》が揺れに加わる。

——班長、駄目です！

誰かが叫んでいた。

——前方のビークルと衝突します！

それでも私はレバーから手を離さない。自動運転は強制的にオフにしてしまった。もうこのビークルは私の操縦で動いている。私は言った。

——総員、船外作業の準備！

——何をするつもりですか。

——向こうのビークルの乗員を全員こちらに移す。

——そんな！　二十五人もいるのに⁉　せめて大使だけでも——。

——全員助ける。大使だろうと乗組員だろうと関係ない。急げ、爆発まで時間がないぞ。

前のビークルとの差が、みるみる縮まった。ぎりぎりでレバーを緩《ゆる》める。

最低限の衝撃で接触した。すかさず連結器《カップリング》でふたつのビークルを固定する。

私も急いで宇宙服に着替えた。そして一隊と共に宇宙空間へ出た。

ケーブルの案内だけを頼りに、無重力の空間を泳ぐ。

私はひどく焦《あせ》っていた。ビークルに仕掛けられている爆薬——それがＰＳＴデストロイヤであることはほぼ確実だった——がいつ爆発するかわからない。

先導していた隊員がビークルに辿《たど》り着き、ハッチを強制開放した。私を含めた五人の隊員全員がビークルの予備ルームに侵入すると、ハッチを閉め、空気を充塡《じゅうてん》する。その間五分。時間が惜しかった。

やっとのことで居住区内に入ることができた。二十五人の乗客乗員は一塊《ひとかたまり》になって寄り添っていた。全員前もっての指示どおり宇宙服を着用している。

——皆さん、移動してください。ここを脱出します。

私は彼らに呼びかけた。三人の隊員が誘導して船外に向かわせる。

残るひとりがラゲッジルームの床下を捜索し、報告した。

——あります。間違いなくPSTデストロイヤです。

私も床下を覗き込んだ。手荷物を入れるくらいの大きさのセーフティ・バッグが、結束バンドのようなもので固定されている。

——解体は可能か。

——困難です。固定しているバンドを外すと起爆装置が働くようになっています。移動はできません。この場で解体するとしても二十分はかかります。

おそらく、その間に爆発するだろう。

——ビークル内を真空にするしかないか。

——いえ、PSTデストロイヤを封入しているカプセルにはおそらく酸素ボンベも接続されているはずです。ビークル内を無酸素状態にしてもボンベの酸素だけで爆発させることは可能です。

——そうか。

私は決断した。

——全員ここから退避する。君もだ。

——しかし、何がなんでも爆破を阻止《そし》しろというのが、上からの命令ですが。

――誰かの命を犠牲にしてでも、ということではない。解体処理する前に爆発したら、ビークルも人命も失われる。ならば一方を守って、一方を捨てる。

――しかし……。

――ここは私が指揮を執《と》っている。私の指示に――。

その瞬間、閃光《せんこう》と爆音が私を包み込んだ。

――くそっ！　早すぎる！

その叫びは爆風に掻《か》き消された。私は猛烈な衝撃に吹き飛ばされ、そして……。

そして、眼が覚めた。

まただ。またあの夢を見てしまった。

時刻を確認する。横になって十分くらいしか経《た》っていない。

起き上がり、冷蔵庫からトニックウォーターのボトルを取り出すと一気に飲み干した。そして、息をつく。

夢は実際に起きたこととは違っている。あのとき、私たち全員が退避してビークルから離れるまでＰＳＴデストロイヤは爆発しなかった。乗員も乗客も隊員も誰ひとり死ななかったのだ。

なのになぜか、最悪の事態を夢に見てしまう。地球に戻ってから、何度も。

なぜそうなのか、私にはわからなかった。

ただひとつ、わかっているのは、私はもうエレベーターに乗るべきではないということだ。

2　依頼

かつてモルディブの主産業は漁業と観光だけだった。

その様相を変えたのがホリタだ。

ホリタが軌道エレベーター建設の計画を立ち上げたとき、技術的、保安的な課題と同じくらい重要視したのが立地だった。

地上から宇宙空間へと伸びるケーブルの建設は容易ではない。まず資材を積んだロケットを静止軌道まで打ち上げ、そこから地球へ向けてケーブルを下ろしていく（もちろんバランスを取るために反対側にもケーブルを伸ばさなければならない。静止軌道が地上三万六千キロであるのに対し、遠心力で対抗させるには先端にカウンターウエイトを置いても総延長は九万六千キロになる）。最終的にケーブルは地上に到達するわけだが、そのケーブルはピンポイントで到達地点を決められるわけではない。なので受け取る側はある程度移動可能な海上に設置することが必要だった。ケーブルを捕捉《ほそく》したところを中心にして人工の島を造るわけだ。

また軌道エレベーターのケーブルにかかる張力を小さくするには、赤道付近に設置するのが最適とされる。

ホリタはそれらの条件をクリアする候補地の中からモルディブ沖を選んだ。そして持てる財力と交渉力を駆使してモルディブ政府と折衝《せっしょう》し、かなり有利な条件を引き出した。

特徴的なのは、モルディブ国防軍《MNDF》とホリタ警備部との関係だ。

エレベーター建設に当たってホリタが最も危惧《きぐ》したのはテロによる施設の破壊だった。特に二十世紀後半に生まれたエコテロリズムは世紀をまたいで発展と分散を繰り返し、大小無数の組織が活動を続けている。その中には宇宙開発や人類を含んだ動植物の地球外移住を認めないことを信条とする者たちもいて、ホリタの計画は発表段階から批判と脅迫の対象となっていた。

そのためホリタは軌道エレベーター建設の一環としてイギリスの民間軍事会社《PMSCs》と契約し、各施設の警備に当たらせた。その規模と予算はモルディブ国防軍を呆気《あっけ》なく凌駕《りょうが》し、一企業が拠点を置く国よりも強大な軍事力を有することになってしまった。

当然、この事態をモルディブ政府は喜ばなかった。一時は議会においてＰＭＳＣｓ排斥《はいせき》の決議が提出されるところまで問題は拗《こじ》れたのだ。

そこでホリタのロビー活動が活発化した。議員ひとりひとりと接触し、あらゆる手段を使って懐柔《かいじゅう》がなされたらしい。注ぎ込まれた資金は膨大《ぼうだい》なものだったと聞く。

さらにホリタはモルディブ側を軟化させるため、この上なくアクロバティックな技を使った。契約していたＰＭＳＣｓをホリタが買収して警備部という一部門にした上で、その警備部をモルディブ国防軍の下部組織として位置付けたのだ。

会社の一部署が正規軍の命令下に入るというのは異例のことだったが、このいささか歪《いびつ》な手段によって問題は決着した。今では警備部の部員は国防軍と同じ制服を着用している。違いを見極めるには胸の記章を確認するしかない。

今、私の目の前に立っているのは、警備部所属の人間だった。東洋系の顔付きで、背は高いが肉付きはそれほどよくない。実戦よりもデスクワークを職務としているのだろうと推測した。

つまり、私が一番会いたくない種類の人間だ。

「結城世路さんですね」

流暢《りゅうちょう》な日本語だった。事務所に入ってくるなり握手を求めてくる。私は手を差し出す代わりに言った。

「どなたですか。今日お約束している方とは違うようですが」

「突然お邪魔して申しわけありません。警備部のファン・イギョンと言います。結城さんのことは敦賀《つるが》部長からかねがね伺《うかが》っていました」

やはりその名前が出たか。私は表情を隠すために奥歯を嚙《か》みしめた。

「こうしてお会いできて光栄です。今でも部内では結城さんの名前が尊敬の念と共に語られています」

「そんな大層なものじゃないよ」

私は言った。

「ただの退職者だ。しかも警備部に多大な迷惑をかけた」

「いえ、今では部内でも、あのときの結城さんの判断は間違っていなかったという見解が主流です。事実、あなたは二十五名の人命を救った」

「そしてエレベーターのビークルとケーブルを破損させて会社に多大な損害を与えた。ホリタ本社は今でもあのことを警備部のミスだと考えているはずだ」

あのとき、私たちが乗客たちを退避させてから二十五分後に起爆装置が作動した。ビークルは大破し、ケーブルにも多大な損傷がもたらされた。

二十五分。その時間が後に問題になった。それだけの時間があれば起爆装置の解除が可能だったのではないか、と上層部は疑念を持ったのだ。解除していればビークルとケーブルの破損は防ぐことができた。それをしなかったのは、現場の指揮を執っていた私の判断ミスだ、というのが彼らの見解だった。

私は、それに反論はしなかった。そしてホリタから身を退《ひ》いたのだった。

「それは現場を知らない上層部の意見です。我々は同意しません」

ファンは言った。私は思わず微笑んでしまう。

「それはよくない傾向だな。問題児を庇《かば》うと同列に扱われるぞ」

「望むところですよ。ところで今日伺ったのは、お聞きしたいことがあるからなんですが」

「私はもう部外者だ。君たちに有用なことを知っているとは思えないがな」

「結城さんの現在の仕事に関係していることです」

ファンの声音《こわね》が低くなった。

「最近、町に不穏な動きなどはありませんか」

「曖昧《あいまい》かつ物騒な質問だな。そんな話は聞いてない」

「本当ですか」

「そもそも、どうして私に訊《き》く?」

「あなたが町に張り巡《めぐ》らしている情報網に重きを置いているからです」

「天下の警備部が頼りにするようなものじゃないぞ」

「いや、あなたは地元住民に信頼されている。我々が知り得ない情報も手に入れることができるはずです」

「ずいぶんと買い被《かぶ》られたものだ」

私は冷蔵庫を開け、トニックウォーターのボトルを取り出した。

「飲むかね?」

「いえ、私は結構」

栓を開け、一口飲んだ。苦さと甘さと清涼感が喉《のど》に流れ込む。

「何か警戒しなきゃならないようなことがあるのか」

「特には」

「なら、なぜわざわざ私のところに来て尋ねたんだ?」

「挨拶《あいさつ》みたいなものだと思ってください。これからもお会いすることがあると思います」

その言葉で、ぴんときた。

「君は調査課の人間か」

警備部内でも諜報活動を行う部署だ。各地に情報網を巡らし、住民や旅行者の動向を探《さぐ》っている。

「結城さんに隠し立てするつもりはありません。そのとおりです」

ファンは微笑んだ。

「つまり君は、私の担当になったんだな」

警備部の内情に詳しい私が警備部にとって最重要監視対象であることは自覚している。

「殿田《とのだ》はどうなった？　異動か」

「退職して日本に戻りました。家業を継ぐために」

「家業？」

「仏教の僧侶になったそうです」

「殿田が坊主？　それはお似合いだな」

普段からスキンヘッドにしていた殿田の顔を思い出し、笑ってしまった。

「結城さんは、なぜ日本に帰らないんですか」

その笑みを、ファンの質問が消してくれた。

「また、お気に障《さわ》るようなことを言ってしまいましたか」

「少しな。あまり日本のことは思い出したくない」

「なぜですか」

「いい思い出がないからだ。家族もいないしな」

「ご両親も？」

「震災で死んだよ。父親、母親、弟、全滅だ」

「痛ましいことですね」

「ああ、だから日本の話はしたくない。戻る気もない。ここが気に入ってるからな。なにせ寒くなることがないんだから」

「私も寒いのは苦手です。故郷の江界《カンゲ》はとても寒いところでした」

「君は北朝鮮の出身なのか」

「ええ」

「お互い苦労した、ということだな」

「そうですね。歴史の教科書に載《の》る程度には」

つまらないジョークだとわかっているような表情だった。

「私の助けが必要だと思ったときには、遠慮なく連絡してください」

そう言うとファンはウェラを装着した腕を差し出した。

「私のことは番号から何から知ってるんだろうな」

「ええ。私のウェラに入れてます。結城さんも私の情報を入れてください」

私は自分のウェラを起動し、ファンから送られてきた情報を受け取った。

「では、またお会いしましょう」

ファンが帰った後、残っているトニックウォーターを飲み干し、大きく息を吐いた。

ハムドゥーン・ナシードは時間どおりに現れた。

「こちらが結城世路さんのオフィスでしょうか」

入口に立ち、おずおずといった様子で尋ねてきた。

「そうですよ。あなたがハムドゥーン？」

「ええ、はじめまして」

典型的なモルディブ人の顔立ちをしていた。背は高く痩《や》せている。年齢は三十歳前後といったところか。仕立てのいいスーツを着ている。革靴は丁寧《ていねい》に手入れされていた。

差し出してきた手を握る。ほっそりとした指をしていた。

ソファを勧《すす》め、向かい側に腰を下ろした。

「私のことは、どうやって知りました？」

「ネットでの評判です。いろいろなトラブルを解決してくれると書いてありました。本当ですか」

「トラブルによります。訴訟事なら弁護士に相談するべきですし、隣人間の揉《も》め事にも関与しません。もちろん犯罪に加担するようなことも断っています」

「そういうことではありません。私がお願いしたいのは……」

ハムドゥーンは言葉を切った。

「あの……失礼ですが、私はあなたを信用していいのでしょうか」

「逆にお訊きしましょう。どうしたら私を信用してくれますか」

「あなたに問題を解決してくれる能力があるかどうか、そして秘密を守ってくれるのかどうか、それを知りたいのです」

「秘密厳守は、この仕事の基本です。守秘義務は守ります。壁に掲《かか》げてあるモルディヴ政府の営業許可証が、その保証です。それを信用していただくしかありません。能力については、あなたが所属しているホリタのエレベーター・メンテナンス部門が社員に求めているものと同等かそれ以上のものを持っていると自負していますがね」

私の言葉を聞いて、ハムドゥーンは眼を丸くした。

「どうして……どうして私がメンテナンス部にいると？　どこかに情報が流れていたんですか」

「ネットで調べてみましたが、あなたの名前はヒットしませんでした。それであなたはふたつのタイプのどちらかだと判断しました。あまり重要でない人物か、秘密にされなければならない人物か。で、今あなたにお会いして最初の可能性を捨てました。着ているのはチェザーレ・アットリーニですね？　靴はフェラガモ」

「え、ええ」

「率直に言ってネイティブのモルディヴ人でそれだけの贅沢《ぜいたく》ができるのは、個人事業が成功した者かホリタに勤めている人間くらいでしょう。話し言葉にボストン訛《なま》りが感じられるところからして、ホリタの教育支援カリキュラムを受けていたのだろうと推察されます。しかしホリタは自社に勤めているモルディヴの人間については積極的に情報を開示しています。地元との友好関係をアピールする良い材料ですから。それなのにあなたの名前は発見できない。となると、あなたは表には立てない重要な仕事に就《つ》いていると考えられる。一番最初に思いつくのは警備部の実務班です。しかしあなたからは軍人の臭いがしない。となると残るのはメンテナンス部門。あの部署での仕事は一部が極秘事項になっていますから」

ハムドゥーンは私の言葉を唖然《あぜん》とした表情で聞いていた。

「……驚きました。仰《おっしゃ》るとおりです。私はホリタのメンテナンス部エレベーター課のスケジュール管理係に勤めています」

メンテナンスのスケジュール管理か。なるほど、それは機密事項だ。

「あなたはホリタの内部事情にも詳しいのですか」

「ある程度は」

「それにしても見事な洞察力でした。疑ったりしてすみませんでした」

「お気になさらず」

私は言った。寛容《かんよう》さを見せることも交渉には必要だ。

「それで、私に仕事を依頼する気になりましたか」

「ええ、是非《ぜひ》ともお願いします。じつは……」

そこでまた、彼は言いよどんだ。

「……これは、とてもデリケートな話なのです。だから誰にも口外しないでほしいのですが」

「守秘義務の遵守《じゅんしゅ》については先程お話ししたとおりです。秘密は守ります」

「わかりました。私は……妻を、捜してほしいのです」

「奥さんを？　いなくなったのですか」

「ええ」

ハムドゥーンは額《ひたい》を押さえて、

「私は、とても困惑しています。どうしてマイコがいなくなってしまったのか、わからないのです」

「マイコというのが奥さんの名前ですか。日本人？」

「そうです。マイコ・ナシーム・カタギリ。私にとってはかけがえのない存在です。彼女がいない生活なんて考えられない。私はどうしたらいいのかわからないのです。どうか見つけてください」

先程まで躊躇《ちゆうちょ》していたのが嘘《うそ》のように、ハムドゥーンは喋《しゃべ》りだした。

「私には、マイコが自分の意思でどこかに行ってしまったとは思えない。何か、止《や》むに止まれない事情があるのです。彼女はどこかで助けを求めているのかもしれない。だったら一刻も早く彼女を見つけて助けなければ。しかし私には何をしたらいいのかもわからない。見当もつかないのです。このまま無駄に時間を過ごしてしまうのが恐ろしい。こうしている間にもマイコは……」

「落ち着いて。まず順序立てて話を聞かせてくださ い」

私は言った。

「何か飲みますか。コーヒーか紅茶。冷たいものならトニックウォーターがあります」

「いえ、結構です」

「では話してください。まずマイコさんがいなくなった経緯を。いつからいないんですか」

「一週間前、三月八日です。その日、私はいつもどおり出勤して仕事をしていました。夜にはマーレシティビルで待ち合わせてディナーを共にする約束でした。しかし約束の時刻になっても彼女はやってこなかった。ウェラに連絡を入れてみましたが、向こうが電源を切っていました。結局一時間待ってから家に戻り、マイコが帰ってくるのを待つことにしました。しかし、彼女は帰らなかった。それきり、音信不通です」

「マイコさんはその日、何をしているはずだったのですか」

「仕事です。マイコは移民局に勤めています」

「移民局の人間などに話を聞きましたか」

「ええ、マイコは定時まで仕事をしてオフィスを出たそうです」

「その際、何か変わったことはなかったのでしょうか」

「何もなかったと聞いています。本当に普通で、特に怪しむべきところはなかったと」

「警察には通報しましたか」

「もちろんです。すぐに身許不明者のデータを当ってくれましたが、該当する者はいませんでした。失踪《しっそう》届も出しています。でも、警察は積極的に妻を捜してくれるわけではありません。事件性がなければ動かないと言われました」

「モルディブ警察は優秀だが、失踪者を捜すことまではしないでしょうね。でもウェラのGPSで居場所を調べるくらいのことはしてくれるのでは？」

「それが、妻のウェラからの電波は途絶《とだ》えているんだそうです。電源を切っているか、あるいは……」

「壊《こわ》れているか」

だとすると、少々厄介《やっかい》だ。

「ところで奥さんがいなくなった後、誰かから連絡はありませんでしたか。マイコさん本人でなくても、マイコさんに関係のあるひととか、マイコさんのことについて何か尋ねてきたとか」

「ひとりだけ。マイコがいなくなったとき、彼女の友人に行方《ゆくえ》を知らないかと訊いたのです。彼女は何も知りませんでしたが、私とマイコのことを心配して何度か連絡してきました」

「その友人の名前は？」

「アレット・アダムスといいます」

「アダムスさんのデータ、ありますか」

「ええ」

ハムドゥーンは左腕のウェラを差し出した。

「では、私にそのデータをください」

私もウェラを差し出す。互いのウェラを近付けると、操作ひとつでデータが転送されてきた。

顔写真も住所も記載されていない。わかるのはウェラの番号とメールアドレスだけだ。しかし、それで今は充分だろう。

「次にお聞きすることは、あるいはあなたにとって不快なものかもしれません。しかし調査には必要なのでお尋ねします。あなたとマイコさんの間には何かトラブルがありましたか」

「いいえ、私たちの間柄は良好なものでした」

ハムドゥーンは即答する。

「私たちは愛し合っていたし、信頼し合っていました。あなたは私に責任があるのではと疑っているのですね。それはあり得ないことです」

「疑っているわけではありません。可能性をひとつずつ検証しているのです。もう少しあなたがたについて教えてください。結婚してどれくらいですか」

「二年です」

「どうやって知り合われたのですか」

「友人の結婚パーティの席です。私は新郎の友人で、マイコは新婦の友人でした。知り合ってすぐに意気投合しました。そして半年後に結婚しました」

「お子さんは？」

「いません。欲しいとは思っているのですが」

「マイコさんの親族はモルディブにいますか」

「いいえ」

「では、日本に？」

「……たぶん、そうだと思います」

ハムドゥーンの返答には、少し間があった。

「親族に会ったことはないんですか」

「……ええ」

「結婚式にも呼ばなかった？」

「マイコが呼びたくないと言ったので」

「それはなぜなのか、訊きましたか」

「いいえ。彼女が嫌がっているのを見て、問い詰めるのはやめました」

「マイコさんは日本のことについて何か話していましたか。日本のどこの出身だとか、何をしていたとか、いつモルディブに来たのかとか」

「彼女から日本のことについて聞いたことはありません。私もあまり日本について興味はなかったので、詳しく訊くことはありませんでした。ただ、五年前に日本からモルディブにやってきたと言っていました」

「モルディブに来た理由は？」

「それも知りません」

「こちらに来てからすぐ移民局に勤めたんですか」

「まず日本大使館で職を見つけ、しばらく働いてから移民局に移ったと言っていました」

「なるほどね」

　私は考えをまとめるために少し間を取った。ハムドゥーンは不安そうな表情で私を見ている。今のところ、彼の言葉に嘘があるようには思えなかった。妻となった女性のことをほとんど何も知らないで過ごしてきたというのは気になるが。

「マイコさんのデータをください」

　先程と同じようにハムドゥーンのウェラからデータを転送させた。こちらには電話番号とメールアドレスの他に誕生日――二月十四日――と血液型――O型――そして顔写真があった。結婚前の名前は片《かた》桐《ぎり》麻衣子。二〇五八年生まれとあるから、今年で二十七歳か。

「もう少し顔がはっきりとわかる画像はありませんか」

「あります」

　ハムドゥーンはウェラを操作する。空中に二十センチ四方の仮想ディスプレイが展開した。

「これでいいでしょうか」

　ディスプレイに表示されたのは二十代後半の女性の画像だった。髪は黒く長く、ゆったりとしたウェーブで肩に流れている。目鼻立ちはくっきりとしていて、特に眼の形が左右とも均整が取れていた。唇は肉感的で艶《つや》めき、顎《あご》のラインはシャープで、これも左右対称だ。身に着けているのは真紅のカクテルドレスで、胸元にネックレスが眩《まばゆ》く輝いていた。

「どこかのパーティで撮《と》ったものですか」

「ええ、日本の外相が訪問されたときに日本大使館で行われた歓迎レセプションのものです」

「というと、三ヶ月前？」

「そうですね。あなたもいらしたのですか」

「いや、私はそういう席には縁がありませんので。マイコさんは日本大使館に強い繋《つな》がりがあるようですね。大使館の人間で親しくしていたひとはいましたか」

「どうでしょう……特には思い当たりませんが」

「そうですか。とりあえず、その画像もください」

転送された画像を確認すると、ウェラを閉じた。

「マイコは、見つかるでしょうか」

ハムドゥーンの質問にどう答えるべきか、私は一秒ほど考えてから言った。

「マイコさんが今でもモルディブにいるのなら、そんなに難しいことではないでしょう。ただ日本に戻っているとしたら、私の手には負えなくなります」

「それは、ないと思います」

彼は即答した。

「なぜ、そう言い切れるのですか」

「彼女が言っていたからです。『自分は日本には帰れない』と」

「その理由は？」

「聞いていません」

「そうですか」

私は二秒、躊躇した。が、やはり訊いてみることにした。

「ハムドゥーンさん、あなたは何を恐れていたのですか」

「え？」

「マイコさんの何を恐れていたのかと訊いているのです。夫なら当然問い質《ただ》すであろうことでさえ、あなたは避けてきたように見えます。なぜ親族と不仲なのか、なぜ日本に帰れないのか、日本で何をしていたのか、そういうことを訊かなかったのは、なぜですか」

「私は……」

ハムドゥーンは狼狽《ろうばい》していた。

「私はただ……」

何も言わず、彼が話しはじめるのを待った。そんなに時間はかからなかった。

「……私は、マイコを失うのが怖かったのです。私だって彼女が日本で何をしていたのか、なぜ日本を捨てたのか知りたかった。でも彼女は話したがらなかった。無理に訊こうとすると、私を避けたのです。もしも彼女の気持ちを無視して問いつづけたら、マイコは私の許《もと》を去ってしまうかもしれない。そう思ったら怖くてそれ以上訊けませんでした」

「マイコさんに脅迫されたのですか。それ以上訊いたら出ていくとか」

「そんな、脅迫だなんてことはありません。ただ、彼女がとても悲しそうな顔をするので、それ以上は……」

ハムドゥーンは頭を抱《かか》えてみせた。いささか大《おお》仰《ぎょう》な仕種《しぐさ》だった。

「わかりました。では現状のデータを基《もと》にして捜索をしてみましょう」

私は言った。

「大丈夫、見つかりますよ」

確信のないまま、相手を元気付けるために言った。時には虚勢も必要なのが、この仕事だ。

3　調査

　オフィス近くのタイ料理の店で昼食を取っていると、見慣れた顔が入ってきた。彼は私の顔を見るなり、かすかに渋面《じゅうめん》を作った。だが出ていくことはせず、逆に私の前の席に腰を下ろした。

　私はかまわずにカオモックガイ——鶏肉《とり》のスパイスライス添え——を食べていた。

　彼は店員にトムヤムクンを注文すると、じっと私を見つめた。それでも私が何も言わないでいると、面倒臭そうに鼻を鳴らした。

「ユーキ、おまえに言っておかなきゃならないことがある」

「何だ?」

「礼だよ。この前は世話になった」

　たいして感謝しているような口調でもなかった。だが私は知っている。これが彼にとって最大限の譲歩なのだ。私は言った。

「市民として当然のことをしたまでだ。ワヒードは吐いたか」

「ああ、三件の強盗事件すべて自白した。裏も取れた。訊きたいんだが、どうしてわかった?」

「奴の左肩が下がってたんだ」

「ん?　何だそれ?」

「あいつはいつも右肩を下げて歩く癖があった。なのにあのときは左肩のほうが下がっていた。しかも慣れないジャケットまで着ていた。体の左側に何か重いものを吊り下げてジャケットで隠しているのは明白だった」

「それだけでショットガンを隠し持っていたことに気付いたのか。とんだシャーロック・ホームズだな」

「あんたもコナン・ドイルを読んでたのか、シャリーフ」

「馬鹿にするな。こう見えても子供の頃から読書家だ」

シャリーフ警部は、また鼻を鳴らした。その容貌はナポレオンフィッシュを思わせる。両目の間が離れ気味で、鼻も潰《つぶ》したように低い。昔はボクシングをしていたそうだから、本当に潰したのかもしれなかった。背は低いががっしりとした体付きで、腕力も相当なものだった。私は一度、彼がチンピラ三人を相手に格闘している場面に出くわしたことがある。彼はひとりで三人をノックアウトすると、後からやってきた部下の警官に引き渡していた。私より五つ年上だから四十五歳か。いまだに現役の警察官の中では最強を誇っている。

「ワヒードは〝伊達男《リ テ ィ》のリズハーン〟の舎弟《しやてい》だったな。今度の事件でも繋がってるのか」

「ワヒードは自分ひとりの考えでやったと言っている。リズハーンも強盗についいちゃ知らないと言い張っている。俺の見たところ、信じていいと思ってる」

「たしかにリズハーンが強盗なんて野蛮なことをするとは思えないな。奴ならもっとエレガントな方法で金儲けをするだろう。観光客相手の闇ギャンブルとか」

「同感だ。あんたは俺たち警察よりマーレの事情に詳しい。雇いたいくらいだよ」

「遠慮しておく。モルディブ警察の有能さは認めるが、もう組織の人間になるつもりはない」

「一匹狼を気取りたいのか。それもいいが、あまり派手なことをすると怪我《けが》するぞ」

「ご忠告痛み入るよ」

シャリーフのトムヤムクンがテーブルに置かれた。私は不意に思いついて尋ねた。

「移民局に知り合いはいるか」

「移民局？　いないこともないが、なぜだ？」

「勤めている人間について尋ねたい」

「やばい仕事か」

「退屈な仕事だ」

シャリーフは食事に取りかかろうとした手を止め、腕のウェラを操作した。

「最新型だな」

「支給品だ。機能が増えた分、使いかたが面倒になった」

彼は愚痴《ぐち》を言いながらデータを転送してくれた。

「アルシャッド・アリー。移民局の副局長だ」

「話しやすい人物か」

「相手が偽《にせ》のビザで不法侵入しようとする外国人でなければな。日本人には特に敵対心は持っていないと思う。一応俺のほうから話を通しておいてやろうか」

「そうしてくれると助かる。できればこれからすぐに会いに行きたいんだが」

「俺が飯を食い終わるまで待て」

そう言ってシャリーフは食事にかかった。私はミネラルウォーターを飲みながら待った。

と、ウェラが着信音を鳴らした。アブロからだ。

「もしもし、今、学校じゃないのか」

——休み時間だよ。ユーキは今、何してる?

「仕事に決まってる」

——へえ、仕事が入ったんだ。じゃあ俺の助けが必要だよね。

「今は間に合ってる。それよりちゃんと勉強しろ。大人になってから困るぞ」

——俺、思うんだけどさ、父さんだってユーキだって、大人になってから俺たちが学校で教えられているようなことで役に立ったことある？　全然ないんじゃない？　だったら勉強なんて意味ないよ。それより実際に戦うときのことを考えて体を鍛えたりするほうがいいんじゃないかな。俺、最近プロレスを見て技を覚えてるんだ。もうドロップキックなんかもできるんだぜ。

「アブロ、それは考え違いだ。学校は知識だけじゃない。考えかたも教えてくれる。おまえが将来どんな仕事に就くにせよ、学校で教えられた考えかたは役に立つ。それを疎《おろそ》かにした奴は、間違いなく人生で損をする」

――そんなもんかな。

「そんなもんだ。だから勉強しろ。おまえが必要になったら連絡する」

――ほんと？　ほんとに連絡してくれる？

「ああ、だからそれまで待て」

電話を切ると、シャリーフが笑っていた。

「『学校で教えられた考えかたは役に立つ』か。ユーキ、あんたは教師でもやっていけるかもな」

「よしてくれ。人に教えてやれるものなんて、ない」

私が言うと、シャリーフはまた笑った。

モルディブにはかつて、この世の楽園を求める者たちが集まってきた。多くは人生に疲れ、安逸《あんいつ》と平穏を約束してくれそうな世界を欲《ほっ》していた。二十一世紀前半、地球の温暖化でモルディブの土地の大半が海に沈むと言われていた頃でさえ、移住したがる者は後を絶たなかった。

今もそういう手合いは少なくないだろう。しかしそれ以上に、モルディブに仕事を求めて移住しようとする者が増えていた。巨大なエレベーター駅ができたのだから、ここには飯の種《たね》があるに違いない、と思い込む連中が少なからずいたのだ。

実際のところ、ホリタのエレベーターは若干の雇用しか生まなかった。労働力の大半がロボットで賄《まかな》われたからだ。そして人手が必要となったもののうち、ほとんどはモルディブ国民、残りの仕事はホリタについて日本からやってきた日本人が引き受け、さらに残りを他国からやってきた人間が取り合った。

モルディブ移民局は、そうした混乱の最中に拡充された。今もマーレで一番大きなオフィスビルの一フロアーが充《あ》てられている。

　私は、その移民局の応援ブースにいて、窓からマーレの街並みを見ていた。この国に移民しようとする者は、みんなここから街の景色を見る。ここが自分の新しい生活拠点になるのだと思いながら。私もかつては、そうだった。

「お待たせしました」

　声をかけられ、振り向いた。長身の男が入口に立っている。

「結城世路さんですね。シャリーフ警部から話は伺っています。私はアルシャッド・アリーです」

　ディベヒ訛りのある英語で自己紹介した。四十歳前後、骨格はしっかりしているように見えるが、肉付きはよくない。チャコールグレイのスーツが妙に体に合っていなかった。握った手は冷たく乾いていた。

「お時間を取らせてしまいまして申しわけありません」

　一応礼儀正しく挨拶をする。

「いえ、私たちもマイコのことについては心を痛めていますから、何かお役に立てることがあるなら協力したく思っています。あなたは私立探偵なのですね？」

「探偵というか、所謂《いわゆる》便利屋です。通訳もしますし、商取引に来た外国人に便宜《べんぎ》を図る仕事もしています。失踪人の調査もね」

「手広いのですね。しかし失踪人捜査は警察の仕事では？」

「マイコさんのご主人は一刻も早く奥さんの行方を知りたいのです。だから私を雇いました」

「気持ちはわかりますよ。私も同じ立場だったら、そうするかもしれません」

「早速《さっそく》ですが、失踪当日、三月八日のマイコさんの様子について伺います。何か彼女に変わったことはありませんでしたか」

「彼女は私の直属の部下でした。だからあの日のこともよく覚えています。しかし特にこれといって変わったところはなかったと思いますよ。いつものように仕事をして、いつものように退社しました」

「退社後どこかに行くとか、そういう話はしていませんでしたか」

「なかったですね。最後に交わした言葉は『また明日』でした」

「また明日、か」

自分の意思で姿を消した者の言葉ではないようにも思える。

「彼女は、どんな人物ですか」

「聡明で仕事ができ、人間関係で軋轢《あつれき》を生むこともない、とても優秀なひとですよ」

「非の打ちどころがないと？」

「ええ」

「では、彼女が失踪する理由に心当たりは？」

「ありませんね。こんなことになって、当惑するばかりです」

アルシャッドは首を横に振った。

「実際のところ、彼女の身に何が起きたのか見当もつきません。困ったことになっていなければいいのですが」

「失踪した日、マイコさんはどんな仕事をしていたんですか」

「いつものとおりの業務ですよ。移民申請の書類を審査し、私に報告してきました。それと面談もありましたね」

「面談というと？」

「移民許可の申請者と直接会って話をするんです。提出された書類との齟齬《そご》や経歴の詐称《さしょう》などがないかどうか確認するのは当然ですが、本人と会って話をすることで、この国に迎え入れるのに相応《ふさわ》しいかどうか審査するんです。ご存じのようにこの国は小さい。それほど多くの人間を抱《かか》えることはできません。なのに移民申請をする人間は増加するばかりです。移民を許可するには慎重にならざるを得ないのです」

「八日当日も面談をしていたんですね。相手はどんな人物ですか」

「ちょっと待ってください」

アルシャッドはスーツのポケットからスティックを取り出し、目の前で伸ばした。同時に仮想タブレット空間が広がる。彼は指先で映し出された画面にタッチした。

「……日本人のようですね。名前は……カネダ。ツガル・カネダ。面談の三日前に移民申請が出されています。そして……ん？」

彼の表情が曇った。

「八日にマイコが面談した記録はあるのに、その結果報告が上がってきてないな。彼女はまだ報告していなかったのか。考えられないことだ」

「面談したその日のうちに報告が来るものなのですか」

「ええ、それが規則です。几帳面《きちようめん》なマイコが規則を破ることはないんですが……。それにしても……」

彼の眉根に皺《しわ》が寄る。

「……おかしいな。申請書データに『要チェック』のサインが入っている」

「どういうことですか」

「申請に不備があったり疑義がある場合、係員がチェックのサインを入れるんです。しかしこれは報告書提出と同時になされるものです。報告がなくてチェックだけ入っているというのは普通では考えられない」

アルシャッドはタブレットを操作した。

「私の権限でマイコのファイルボックスを開いてみます。もしかしたら未提出の報告書が保管されているかもしれない」

私は彼が操作を終えるまで待った。

「……ありました。やはり作成途中になっている。でも……」

書類に眼を通しているのか、彼は沈黙した。

「……そういうことか」

「どうしました?」

「マイコはツガル・カネダの申請に疑問を抱《いだ》いていたようです。『詳しく調べる必要がある』と書いていています。その根拠ですが……ちょっと意味不明ですね」

「どういうことです?」

「日本語らしきもので書かれているんですよ。私には読めません」

「見せてもらってもいいですか」

私が言うと、アルシャッドは少し考えてからスティックを差し出した。

画面に表示されているのは英語で入力されたテキスト画面だった。余白に一言だけ日本語で、しかも手描き入力のまま「イルカはもういない」とだけ書かれていた。

「イルカ?　どういう意味でしょうね?」

私が意味を教えると、アルシャッドは首を捻《ひね》った。

「さてね」

私に訊かれても、わからない。

「カネダという人物のプロフィールは申請書データに記載されているんですよね?」

「もちろん。それとマイコが面談したときの動画もあります。さすがにこれはお見せすることはできませんが、こちらで調査してみましょう」

「カネダの現在の滞在先くらいは教えてもらえませんか。できれば事情を訊いてみたいのですか」

「それは……」

アルシャッドは躊躇しているようだったが、

「……わかりました。宿泊先はオーキッド・ロッジです」

「ありがとうございます。他にも何かわかったら教えていただけませんか」

「いいですよ。私も一刻も早くマイコの行方を知りたいですからね」

私たちは連絡先を交換した後、もう一度握手をして別れた。

バイクに跨がってメドゥジヤライ・マグを走りながらアルシャッドの言葉を思い返していた。

彼のマイコに対する評価をそのまま信じていいものか、わからない。部外者に対して本当のことを言っているかどうか判断できないのだ。

だが彼女が有能な人間だったことは、間違いないだろう。でなければ今の職に就くことはできなかったはずだ。

少なくとも仕事も夫も放り出してどこかに行ってしまうような無責任な人間ではないようだ。彼女の失踪は、彼女自身の意思ではないのかもしれない。

となれば、失踪のきっかけとなったのは何か。

バイクをオーキッド・マグへ向けた。やはり一番に調べる必要があるのは、マイコが最後に会った「ツガル・カネダ」なる人物だ。


オーキッド・ロッジは民家と見間違えそうなくらいの小さな建物だった。観光客用の宿泊施設としての格は低く、その分宿泊料も安かった。

入口は開いている。中に入るとロビーとして使われている狭い空間に籐椅子《とういす》がふたつほど置いてあった。そのひとつに西洋人の男性が腰を下ろして電子新聞を読んでいる。その向こうにあるカウンターの奥で、中年の女性がうたた寝をしていた。声をかけてみたが、眼を覚ます様子はない。それでも辛抱《しんぼう》強く呼びかけて、やっと眼を開けた。

「お客さんかい？　部屋は空《あ》いてるよ」

「違うんだ。ここに泊まっているツガル・カネダという男に会いたいんだ」

「カネダ？　そいつはあんたの知り合いかい？」

いささか突慳貪《つっけんどん》な口調で、女性は言った。

「いや、そうじゃない。だが知り合いのことで話を聞きたいんだ」

「その男は有名人なのかね？」

「どうかな。初めて会うんだよ。いるかね？」

「いないよ」

女性は鼻を鳴らす。

「ずっと、どこかに行ったきりさ。宿代は一ヶ月分前払いしてもらってるから、問題はないけどね」

「ずっとって、いつからだ？」

「一週間くらい前かね、そんなくらいだよ」

「正確に教えてくれないか。一週間前というと三月九日か」

「いや、三月八日」

面倒臭そうに、彼女は言った。

「間違いないか？　本当に三月八日か」

「しつこいね。あの男を捜してる奴はみんなしつこいよ」

「みんな？　私の他に誰かカネダを捜している者がいるのか」

「いるよ。あんたの後ろ」

言われて振り返る。


例の西洋人と眼が合った。彼は新聞紙面を表示していたディスプレイを閉じると立ち上がった。

「どうやら、同じ人物に用があるらしいですな」

男は鬚面《ひげづら》に笑みを浮かべる。年齢は三十代後半くらい。身長百八十から百八十五センチ、体重は優に百キロを超えているだろう。金色の髪は肩まで、鬚は胸元まで伸ばし放題にしている。薄い色のサングラスを掛けているので瞳の色はわからない。ずっと陽の差さないところにいるのか肌は白いままだ。極彩色のアロハシャツに白いパンツを身に着け、両腕には雷模様のタトゥーが施《ほどこ》されている。

「あなたはツガル・カネダと面識はないんですね？」

男は言った。私は言葉を返した。

「ああ、あんたにもな」

「そうですか。セロ・ユーキ氏には知っておいてほしかったんですがね」

シルクハットから鳩を取り出して見せたような、

得意気《げ》な表情だ。だが、種はすぐにわかった。

「検索したか」

「ご名答」

男は掛けているサングラスのフレームを指で突ついてみせた。

「あなたの横顔を撮影して画像検索してみました。セロ・ユーキ。元ホリタ警備部第三実務班班長。警備部きっての戦闘スペシャリスト。二〇八〇年には軌道エレベーター破壊を目論《もくろ》むテロ集団『黒いアザレア』の計画を阻止。多くの人命を救った。二〇八一年に辞職。現在はフリーの便利屋稼業。なかなか面白い経歴ですね」

「一昔前のハリウッド映画のヒーローみたいだろ」

私は言った。

「付け加えておいてくれ。趣味は古いアニメ観賞だとな」

「本当ですか。私も前世紀の日本アニメは好きです。好みは東映《トーエイ》動画作品とかタツノコ――」

「アニメ談議をするには場所も時間もよくない。それに私たちには多分、他に話すべき話題があるはずだ。まずは君の名前を教えてくれないか」

「それはどうも。僕はこういう者です」

男がサングラスのフレームに触れると、私との間にホログラム映像が浮かび上がった。

――やあ、はじめまして。僕の名前はハンク・アダムス。『モルディブ・トゥデイ』ってニュース・ブログを作ってるよ。アドレスはここさ。見てくれよな。

映像の中の男は満面の笑みを浮かべ、頭上に表示されたマトリクスコードを指差している。

「モルディブ・トゥデイなら知っている。ゴシップ・ブログだな」

モルディブにやってきた有名人の動向とか、在住している有名人の噂《うわさ》とか、どこかで起きたトラブルとか、そんなものが掲載されている。

「ご存じとは嬉《うれ》しいですね。いつかあなたのこともインタビューしたいものです。きっと素敵な話が聞けると思います」

「面白いことなんて何もない。それより、どうしてツガル・カネダを捜しているんだ？」

「同じ質問をしましょう。なぜカネダを捜しているんですか」

「双方の持っている情報を突き合わせるべき、ということか」

「ですね」

ハンクは笑った。

「ここでは何だから、別のところでじっくり話したいですね。ただ、今はここを離れられない」

「なぜだ？」

「問い合わせ中なんです」

彼がそう言ったとき、派手なサンバのリズムがロビー内に響き渡った。

見るとカウンターの女性が自分のウェラの仮想ディスプレイを展開している。彼女の着メロだったのだ。

「はいもしもし？　……はい……はいはい、わかりましたよ。本当にいいんですね？　……はい、それじゃ」

電話を切ると、彼女は面倒そうな顔をしてハンクに言った。

「ちょっとあんた、オーナーとどういう関係？」

「昔ちょっと世話をしてやったことがあるんだよ。それで、OK出たんだろ？」

「ああ、勝手に見てくれていいってさ」

「ありがたい。四号室だったよな」

「そうだよ。これが鍵」

女性が放り投げたカードを、ハンクは受け取り損《そこ》ねた。それは私の足下に落ちた。

「一緒に行きます？」

ハンクが言った。異論はなかった。

四号室は二階の向かって左側の部屋だった。カードキーを宛《あて》がうと、ドアのロックが解除される音がした。

中はワンルームの狭い空間だった。壁紙はくすみ、少し黴《かび》臭かった。

「ここがカネダの部屋か」

「そうです。三月八日以来、ここには戻っていません」

ベッドとデスククらいしかない。モニタも冷蔵庫も置かれていなかった。

私はクローゼットを開けた。少し古びた麻のスーツが掛かっている。その下にはボストンバッグが置いてあった。

ハンクは無造作にバッグを引っ張り出すと、口を開けた。着替えの下着やネクタイ、グルーミングの道具が入ったポーチ、ピルケースなどが入っている。彼はその中身を次々と外に出した。

「何か探しているのか」

「面白そうなものがないかと思いましてね……うん、これなんかどうかな」

取り出したのは古いタブレット端末だった。起動ボタンを押してみる。

「……駄目だ。生体認証しないと中身が見られない。ミックに頼めばなんとかなるかな」

「ミック？」

「知り合いのハッカーですよ。でも、さすがにここから持ち出せないか」

呟《つぶや》きながらバッグの探索に戻った。次に彼が取り出したのは、金色のペンだった。表面に何か刻印がされている。

「……なべて世は、こともなし……何だこれ？」

「ブラウニングの詩だ」

私は言った。

「時は春、日は朝《あした》、朝は七時、片岡《かたおか》に露《つゆ》満ちて、揚雲雀《あげひばり》なのりいで、蝸牛《かたつむり》枝に這《は》い、神、空に知ろしめす、なべて世はこともなし……だったかな」

「よく知ってますね」

「有名な詩だからな」

「つまり知らない僕のほうが無知ってことですか」

ハンクは苦笑する。

「でも、これで確信しましたよ」

「何を？」

「カネダの正体です。彼は危険人物です」

「『枝を這うカタツムリたち《ザ・スネイルズ・オン・ザ・ソーン》』というグループを知ってますか」

オーキッド・ロッジを出て、近くのファストフードの店に入ると、ハンクは注文したダブルバーガーを頬《ほお》張りながら訊いてきた。

「二年前に結成されたとみられるエコテロリスト集団です」

「二年前ならわからないな。その手の情報は会社を辞《や》めてからは無縁だ」

ジンジャーエールを飲みながら、私は答えた。ハンクはオレンジ色のソースで髭《ひげ》を汚したまま、笑みを見せた。

「それほど規模の大きなグループではありません。ただ、武闘派が揃っている厄介な連中ですよ。ジャック・ホーソーン、エスメラルダ・バルラサ、アンドレイ・ダニロフ。聞いたことはありませんか」

ネットで検索しなくても、それらの名前は私の脳に刻み込まれていた。

「みんな『月解放戦線《MLF》』のメンバーだった奴らだ。たしかグループは四年前に解体したはずだが」

「月は人間のものではない、ましてや特定の人間が足を踏み入れるべきではない、というのが彼らの主張でしたね。軌道エレベーターにも強く反対していた」

「それどころかエレベーターの破壊も目論んでいた。直接手を出したのは『黒いアザレア』だったが、ＭＬＦも破壊活動には関係していた。事件後ＦＢＩが捜査してトップの数人を検挙した。それが元で組織は解体した」

「解体は表向きだったようです。彼らは別の名前で再組織化して密《ひそ》かに活動を続けていました」

「それが『枝を這うカタツムリたち』か」

ジンジャーエールを飲み干し、カップの中のクラッシュアイスを噛みながら、私は言った。

人類が月に足を踏み入れることに対して反対する者は、それほど多くない。しかし百年前に鯨が象徴とされていたように、今は月がナチュラリストたちの憧憬《しょうけい》と信仰を集めている。一部の過激な思想を持つ連中は、実力で月やその他の惑星開発を阻止しようとしていた。そしてときどき、トラブルを起こすのだ。

「で、ツガル・カネダもそのメンバーだと?」

「恐らくは」

「どうやってその情報、手に入れた?」

「いろいろなコネクションからとだけ言っておきます。ジャーナリストには情報源の秘匿《ひとく》義務がありますから」

「ジャーナリストとは古風な言いかただな。どこかの映画俳優が女を三人コテージに引っ張り込んだというニュースを流すのもジャーナリズムか」

「アクセス数を稼《かせ》ぐためには、いろいろな記事が必要なんですよ。硬軟取り混ぜてね。ともあれ、カネダがカタツムリの一匹であることは間違いないようです」

「『枝を這うカタツムリたち』は指定テロ団体ではないのか。もしそうなら入管でチェックされていたはずだが」

「カネダが『枝を這うカタツムリたち』のメンバーであるという証拠は、今まで見つかっていませんでした。繋がりが見つからなかったんです。たぶんモルディブ政府も彼のことを警戒していなかったのでしょう。これは僕のスクープです。ところであなたはどうしてカネダを捜していたのですか」

「守秘義務に関係することなので言えない」

「それはないでしょう。僕も手の内を明かしたんですよ。あなたも手持ちのカードを見せてください」

穏《おだ》やかな口調だったが、眼は笑っていなかった。

私は少し考え、言った。

「ある人物の居場所を見つけてほしいと依頼された。対象の人物は行方不明になった日、カネダと接触していたことがわかった。だから話を聞くためにやってきたんだ」

「捜している人物というのは？」

「それは言えない」

「……こちらが一方的に情報を提供しただけってことですか。割に合わないな」

「情報提供には感謝する。代わりにいいことを教えてやろう。カネダは自分の意思で姿を消したのではない。誰かに連れ去られた可能性がある」

「どうしてそう言えるのですか」

「残された荷物だ。あの中にピルケースが入っていた。中身を見たか」

「いいえ。何が入ってたんですか」

「塩酸ピオグリタゾン。インスリン抵抗性改善薬だ」

「インスリン……糖尿病ですか」

「カネダが糖尿病を患《わずら》っていることは間違いない。そして最低でも一日一回は薬を飲まなければならないはずだということも。なのにピルケースが置いたままになっている。自主的に出かけているとは考えにくい」

「たしかに。何者かによって強制的に連れ去られたということですか」

「その可能性が高いな」

「しかし糖尿病なら薬を飲まないと命に関わるのでは？」

「病気の状態によるがな」

そう言ってから、思いついたことがあった。急いでオーキッド・ロッジのロビーに引き返す。

「ちょっと訊きたいんだが」

声をかけてみたが、カウンターの中年女性はまたうたた寝をしている。何度か呼びかけて、やっと眼を開けてくれた。

「私たち以外にツガル・カネダを訪ねてきた者はいなかったかね？」

「私の知ってるかぎりじゃ、いなかったよ」

女性は欠伸《あくび》をしながら答えた。

「ではカネダの姿が見えなくなってから誰か来なかったか」

「あんたたちが来たよ」

「その他には？」

「三月十日の午後二時十四分に男が訪ねてきたね。カネダの知り合いだけど荷物を取りにきたって。でも本当に知り合いかどうかわからないから断ったよ」

「どんな奴だった？　防犯カメラとかの画像に残ってないか」

続けて訊くと、

「うちは防犯カメラなんて置いてないよ。その代わり」


女性は面倒そうに右耳の後ろを撫《な》でた。と、そこから細いケーブルを引っ張りだし、

「ウェラ」

と言った。すぐに察して自分のウェラを差し出す。

「古い型だね」

女性はカウンターの抽斗《ひきだし》を掻き回してアダプタを取り出すとケーブルに繋げ、私のウェラに接続した。

「あんた、脳にデバイスを組み込んでるのか」

「ああ、一昨年に癲癇《てんかん》の手術をしてね。そのときに、どうせなら便利にしてやろうと思って入れてもらったんだよ。このおかげで今の仕事にありつけてる。顧客管理とかが簡単だし、あんたみたいな質問をしてくる連中にも、すぐに答えを出せるからね」

それだけの能力があるなら、もっと高度な仕事にも就けるだろうに、と思ったが、口には出さなかった。代わりに言った。

「私のウェラのデータを盗んだりしないでくれよ」

「一応プロテクトしてるんだろ？　わたしにはそれをハックするスキルはないよ」

女性は眼を閉じた。私のウェラのビデオアプリが立ち上がり、画像を映し出した。

私が今いるロビーが映っていた。ドアが開き、誰かが入ってくる。

若い男だった。地元民らしい。

——ここに泊まってるツガル・カネダから言いつかってきたんだけど、荷物を引き取りたいんだ。

甲高《かんだか》い声で、そう言った。そこで画像はストップする。

「この男だよ」

女性が言った。私はウェラに映し出された男の顔を見つめた。

二十代後半くらいだろうか。眼が大きく浅黒い肌をしていた。瘦せて非力そうに見えた。着ているのは濃紺《のうこん》のシャツ。下半身はわからない。

「この画像を私のウェラにコピーできるか」

「動画ごとあげるよ」

「残りの動画も見せてくれ」

返事をする代わりに動画が再開した。

——あんたがカネダの知り合いだって証拠があるのかい？

これは女性の声だ。男は戸惑《とまど》いながら、

——証拠って……ああ、これだ。

シャツのポケットから赤いものを取り出して見せた。パスポートだった。画像はそのパスポートに焦点を合わせる。

「ストップ」

私が声をかけると画像が止まる。

パスポートにある写真は三十代後半くらいの、なかなかの男前のものだった。

これがツガル・カネダか。あまりテロリストっぽくは見えない。

パスポートの他の箇所にも眼を走らせる。仕様もスタンプも、日本製のパスポートそのもののように見えた。

「まだかい？　これ結構疲れるんだよ」

「ああ、続けてくれ」

動画再生が再開した。

――パスポートだけじゃわからない。本人を連れてきてよ。

女性の声が言った。男は不満そうに、

――それができないから俺が来てるんだ。四《し》の五《ご》の言わずに荷物を寄越《よこ》せよ。

脅《おど》すような口調で言った。しかし女性は、ふん、と鼻で笑う。

――そんなに荷物が欲しけりゃ、警察立ち会いで明け渡すよ。それでいいかい？

途端に男の表情が変わる。

――それは……。

――疚《やま》しいところがないのなら、全然かまわないだろ？　どうする？

女性の声がさらに追い込むと、男は悔しそうに、

――クソ婆《ばばあ》が！

と、捨て台詞《ぜりふ》を吐いて後ろを向いた。そのまま出ていく。

――なにがクソ婆だい。クソ餓鬼《がき》が。

女性の声がしたところで、画像は消えた。

「今までのところをダウンロードしてやったよ。男の顔とパスポートのところは別に静止画像にしておいたから」

「すまない。助かる」

「その画像、僕にもくれませんか」

後からやってきたハンクが言うと、女性は露骨に嫌な顔をして、

「そっちのをコピーしてもらっておくれ。疲れるんだよ、これ」

と言うと、ぷいと顔を背《そむ》けた。ハンクは苦笑して私にウェラを向けた。私は黙って今ダウンロードした動画を彼に送った。

「カネダの荷物を取りに来た男、検索したか」

「ええ。該当する人間がふたりいます。イスマイル・ハッサンとリーリ・ハッサン」

「どうしてふたりもヒットするんだ？」

「顔が同じですからね」

　少し考えてから、言った。

「双子か」

「イスマイルもリーリもモルディブ国立大学の卒業者名簿に載っていますね。イスマイルは建築学部、リーリは法学部です。四年前に卒業していますね」

「それ以外のデータは？」

「リーリは弁護士になってスマイリー法律事務所に勤めています。しかしイスマイルは……逮捕されてますね。二年前、窃盗《せっとう》の容疑です。裁判になって判決は懲役《ちょうえき》六ヶ月。刑期が短いところをみると、それほど凶悪なことをしたわけではないようだ」

「その後のイスマイルの足取りは？」

「ヒットしません。今は何をしているんだか。しかし双子の一方は弁護士、もう一方は前科者とは、皮肉なものですね」

　私はウェラに表示された若い男の顔を見つめた。モルディブのどこにでもいそうな、ありきたりな雰囲気の男だ。

「カネダの写真はどうだ？　何か見つかったか」

「駄目ですね。その写真の顔に一致するものは見つかりません。ツガル・カネダという名前も本名なのかどうか」

「パスポートが偽造だと？」

「だとしたら、かなり巧妙なものです。今の偽造防止技術の裏を掻いているわけですから。書式や材質だけじゃない。組み込まれたチップのデータも誤魔《ごま》化《か》しているわけだし」

「それほど難しいことじゃない」

　私は言った。

「貨幣にしろ書類にしろ、偽造を免れるものは古今東西存在しない。人が作ったものは、人によって模作され得る」

「なるほど、そのへんの知識はあなたのほうが上でしたね。ではそのパスポートの真贋《しんがん》もわかりますか」

「画像だけじゃわからない。現物を見ないことにはな」

私はズボンのポケットから財布を取り出し、カウンターに置いてあるメモに数字を書いてクレジットカードと一緒に差し出した。

「君へのチップとして」

はじめて女性が笑みを見せた。

4 黒蘭

ハンクとはオーキッド・ロッジで別れた。

「できればギブ・アンド・テイクでいきたいですね」

別れ際《ぎわ》に、彼は言った。

「お互いに持ってる情報を持ち寄れば、余計な手間は省《はぶ》けますよ」

私はそれに答えず、バイクに跨がった。ウェアラブル・デバイスから得られる情報など高《たか》が知れている。私のウェラからだって調べられるだろう。先程は面倒なので彼に任せただけだった。その気になればイスマイルもリーリも自分で調べ出すことはできた。

問題は、その先だ。

オーキッド・マグを南西へ進み、路地に入る手前でバイクを停めた。この先は徒歩でしか入れない。道が細いからということもあるが、降りたが最後、戻ってくる頃までにバイクがその場に置かれたままでいる保証がないからだ。

足を踏み入れた瞬間、雰囲気が変わるのを感じた。どこでもからりとしているはずのマーレの空気が、ここだけ重く淀《よど》んでいる。

汚れてはいなかった。連なる家々も小ぎれいとは言えないものの、最新の建材で造られたもので人が住めないような状態ではない。映像でしか見たことはないが、百年前の日本の民家に近い雰囲気がある。

ホリタによる地元民との融和保障のおかげでモルディブ人である以上、飢えたり住処《すみか》に困ったりすることはない。だが、衣食住を与えられても人の心は変わらない。正業に就くことを拒《こば》み、非合法の世界から抜け出そうとしない者たちもいる。この区域――ホリタ警備部では「黒蘭地帯《ブラック・オーキッド・エリア》」と呼んでいた――に住むのはそうした人間たちだ。

ホリタが最も恐れているのはテロだった。だからテロ封じのためにはありとあらゆる手段を取った。しかしそれ以外の犯罪については鷹揚《おうよう》な態度を示していた。自らの不利益にならないかぎり、放っておかれたのだ。モルディブ警察も同様だった。むしろ厄介者は一ヶ所にまとまってくれていたほうが扱いやすい。黒蘭地帯は言ってみれば、落ちこぼれたちの収容所だった。

通りに人の姿はない。だが四方の家々から突き刺さるような視線を浴びせられているのを感じる。人の眼と監視カメラが一斉に私に向けられているのだろう。

それにかまわず私は、一軒の民家の前に立った。

「スルタン、いるか」

呼びかけたが返事はない。しかし家の扉は開いた。中に入ると、壁に寄り掛かっている男がこちらを見ていた。水煙草《みずたばこ》を吸っている。

「ユーキか。何の用だ？」

ゆっくり煙を吐きながら、男は言った。四十歳そこそこのはずだが、もっと老《ふ》けて見える。頭蓋骨《ずがいこつ》の形がわかるくらいに痩せていて、なのに眼だけはギラギラと光っていた。

「情報が欲しい」

単刀直入《たんとうちょくにゅう》に言った。

「俺は仲間は売らんぞ」

スルタンはすぐに返してきた。

「特に日本人にはな」

「その日本人に借りがあるはずだ」

「もう返した」

「あんたの命は二、三回情報を流すのに見合う程度のものだったのか」

私はスルタンの前に座った。

「イスマイル・ハッサン。知ってるか」

スルタンは煙草の煙と一緒に溜息《ためいき》を吐《つ》いた。

「どうなんだ？　知ってるのか知らないのか」

私が詰め寄ると、彼は渋々といった顔で言った。

「小物だ。たいした奴じゃない」

「だろうな。刑務所暮らしも半年程度だ。スルタン《王》に比《くら》べれば塵《ちり》みたいなものだろう。だが私は、そいつに会いたいんだよ」

「大学まで卒業したのだから、真面目に働いていればよかったんだ。なのにあいつはしくじった。なぜだと思う。酒だ。コーランの教えに背いた罰を受けたんだ。まさしく酒は悪魔《シャイターン》のわざだ」

他人のものや他人の女を盗むのはコーランに背いていないのかと訊いてやりたくなったが、私は本当に知りたいことだけ尋ねることにした。

「イスマイルは今、どこにいる？」

「知ったことか。そんな若造のことなど」

「どこに行けば会える？」

「知らないと言っているだろうが」

「私と我慢比べをするつもりか」

そう言って、スルタンの眼を見つめた。彼も睨み返してくる。が、ギラギラとした眼はすぐに視線を泳がせた。

「教えてくれないか。頼む」

さらに一押しすると、彼は思案するように口をすぼめ、それから言った。

「パーゴラ・カフェ」

「チャンダニー・マグ沿いにあるレストランか」

「皿洗いをしているはずだ。まだクビになってなければな」

私は立ち上がった。

「ありがとう。助かった」

「若造が何をしたんだ？」

スルタンの問いに、私は答えた。

「それを知るために、会いたいんだ」

幸いなことに無事黒蘭地帯を抜け、盗まれていなかったバイクに乗り込んだ。


しかし私の気持ちは晴れやかではなかった。よりによってパーゴラ・カフェか。今はあまり近付きたくない場所だ。

それでも私はバイクをチャンダニー・マグへと向けた。仕事をする以上、多少は厭《いや》なことも我慢しなければならない。相手が我慢してくれるかどうかはわからないが。

パーゴラ・カフェ自体は、観光客も訪れる洒落《しゃれ》た店だ。その名の由来となった蔦《つた》の這う棚《パーゴラ》が店先にある。

店内は欧風のインテリアで飾られていた。壁にはシャガールの絵。BGMもモーツァルトだ。それが逆に趣味の陳腐《ちんぷ》さを露呈している。

きっちりと服を着たウェイターがやってきた。

「お食事でございますか。でしたら——」

「悪いが食べにきたんじゃない。イスマイル・ハッサンはいるかね？」

「イスマイル……」

ウェイターの表情が曇る。

「この店で働いていると聞いた」

「……ああ、彼のことですか」

合点《がてん》がいったように頷《うなず》く。同時に私を見る目付きも変わった。

「そういう用件なら裏口にまわってくれないかな。それと彼は今、仕事中だ。面会はできない」

「皿洗いに忙しいのか」

「彼の仕事は皿を洗うこと以外にもあるんだよ」

「いつなら会える？」

「一時間後。四時半」

「わかった。その頃に裏口へ行くよ」

素直に外へ出た。バイクに乗って店を離れるが、すぐに大回りして戻り、店の裏口が見通せる場所に待機した。

五分ほどして裏口から男がひとり出てきた。あたりを見回しながら、ひょこひょことした足取りでこちらに向かってくる。

一旦やりすごし、背後から声をかけた。

「イスマイル。ちょっと話を聞かせてくれないか」

文字どおり、相手の体が固まった。

「あんた、イスマイル・ハッサンだろ？」

振り返った顔は、オーキッド・ロッジで見せられた画像に出てきたものに間違いなかった。

「お……俺は、何も……」

声も強張《こわば》っている。

「何をそんなに怖がっているんだ。脅しにきたんじゃない。ただ話を聞きたいだけだ」

「俺は、何も知らない……」

「質問もしていないのに、どうして知らないと言えるんだ？」

「それは……でも、何も知らないんだ」

押し問答していても埒《らち》が明かない。私は単刀直入に尋ねた。

「私が聞きたいのは三月十日のことだよ。あんたはあの日――」

背後に人影を感じた。振り向くとプロレスラーみたいな体型の男がひとり、私を見つめていた。

「そいつに何の用があるんだ?」

潰れたような声で男は訊いた。

「それを今、話そうと思っていたところなんだ」

言い返しながら自分の迂闊《うかつ》さを悔やんだ。もう少し周囲に気を配っておくべきだった。

「それで、あんたはどこの誰なのかな?」

「俺のことはどうでもいい」

男は言った。右眼の下に傷がある。刃物で抉《えぐ》られた痕《あと》だ。黒いタンクトップから伸びている、縄を縒《よ》り合わせたように筋肉が発達した腕にも、いくつか傷が残っていた。歴戦の勇者というわけだ。今の私に、その傷を増やしてやる武器はない。

「問題は、おまえが彼に迷惑をかけてるってことだ」

男はイスマイルを顎で示した。

「私が?　どうして?」

「待ち伏せして、わけのわからないことを訊こうとしている。見ろ。怯《おび》えているじゃないか」

「待ってくれ。まだ私は何も――」

「おまえの質問に答える義理は、彼にはないはずだ。そうだろ、ユーキ?」

どうやらすでに身許照会をされたらしい。

「それよりも、ボスがおまえに訊きたいことがあるそうだ。一緒に来てくれないか」

「それは困ったな。今はあんたらのボスに会う気がしないんだ」

「おまえの気持ちなんかを訊いてはいない。俺が訊きたいのは、五体満足でボスのところに行くか、それとも肋骨《ろっこつ》を二、三本折ってから行くか、どっちにするかってことだ」

「どちらも気が進まないが、あえて言うなら前者だな」

「それでいい。素直な人間は長生きする」

男は顔の筋肉をわずかに動かした。それが彼の笑顔らしい。

「じゃあ、ついてこい。言っておくが逃げたりするなよ。この狭い島のどこに逃げたって、俺はおまえを見つけることができる。そのときは肋骨どころの話じゃなくなるからな。イスマイル、おまえも来い」

「え？　俺も？」

「ボスの命令だ」

イスマイルの表情が、さらに暗くなった。

「バイクに乗っていっていいかな？」

と、尋ねてみる。男は黙って首を振った。しかたない。戻ってくるまで盗まれないでいることを神に祈るしかなかった。神など信じていないし、そもそも戻れるかどうかも不安だったのだが。

黒蘭地帯がマーレの闇の部分だとしたら、チャンダニー・マグ周辺は光の領域だ。昔から洒落た店が建ち並び、人々の往来も多い。このあたりにオフィスを構えるのがモルディブ実業家のステイタスともいえた。

しかし光と闇は明確に棲《す》み分けできるものではない。輝く塔の足下に、意外な陰ができていたりするものだ。

私が連れてこられたのは、その陰の中だった。

チャンダニーパレスビルという仰《ぎょう》々《ぎょう》しい名前が付けられた建物の最上階、映画のセットのように豪勢で薄っぺらな調度に囲まれたオフィスの、革張りの椅子に彼は腰を下ろしていた。

「ミスタ・ユーキ、久しぶり」

癇《かん》に障るような高い声だった。ほっそりとした顔に手入れされた口髭、髪も一筋の乱れもなく整えられている。身に着けているのは多分ラルディーニであろう派手な色合いのチェック柄のスーツ。ワニ革のブーツはベルルッティだろう。そして指には大振りの指輪。今世紀初頭にはまだ生息していたであろう洒落者がタイムスリップして現代に現れたかのようだった。

私は言った。

「久しぶりだな。伊達男《リテイ》のリズハーン」

そう呼ばれるのを好んでいないことは承知の上だった。案の定《じよう》、リズハーンの表情に翳《かげ》が差した。

「最初に俺のことをそう呼んだ奴がどうなったか、知ってる？」

「知ってるさ。葬式にも参列した」

「君の葬式には、まだ出たくないな」

「私もだ」

「じゃあ答えてくれるかな？　どうして彼に会いたがった？」

リズハーンは私の横に立たされているイスマイルを見た。イスマイルは哀れなくらい緊張している。

「話を聞きたかったんだ」

「どんな？」

「それは言えない。差し障りがあるんでね」

「それは困った。質問の内容がわからなければ、答えようがないじゃないか」

「答えるのはあんたじゃない」

「同じことだよ。俺には責任がある。雇い主としての責任がね」

「よくわからない理屈だな。あくまで彼のプライベートなことについての質問なんだ。そこまであんたが首を突っ込んでくる必要はない」

「必要があるかどうかは俺が決めるよ」

リズハーンはスーツの内ポケットから木製のケースを取り出すと、中から煙草を一本抜いて銜《くわ》えた。

「ミスタ・ユーキ、俺は君に借りがある。だから悪いようにはしないつもりだ」

「借り？」

「ワヒードのことだよ。奴がつまらない罪を重ねる前に捕まえてくれた。それは俺にとってもいいことだった。もっとも警察に俺も加担してたんじゃないかって、痛くもない腹を探られたがね」

「ワヒードの強盗には関わっていないんだろ？」

「アラーに誓って。ワヒードには弟のように目をかけてやっていた。だが強盗なんてくだらないことに手を出していたとは知らなかったし、ましてや俺自身が関係していることも断じてない。幸いにも正業でそれなりの稼ぎがあるんでね。ともあれ、あのまま奴が強盗を重ねていたら、俺も無傷ではいられなかったかもしれない。だから君には感謝しているんだよ」

煙草に火を着けて、一息吸う。煙がたなびいた。

「だからさ、腹を割って話してくれないかな。君に危害は加えない。約束するよ」

リズハーンの言う「約束」を信用していいものかどうかわからない。彼は嘘と狡知《こうち》と暴力で財を成してきた人間だ。しかしこのままではイスマイルから情報を引き出すこともできない。

私は腹を決めて、言った。

「オーキッド・ロッジに宿泊していたツガル・カネダという人物が三月八日から行方不明になっている。その二日後の三月十日、カネダに言われて荷物を引き取りに男がホテルを訪ねてきた」

私はウェラの仮想ディスプレイを展開して例の画像を表示させ、リズハーンに見せた。

「これが、その男だ」

リズハーンはウェラの仮想ディスプレイを見つめ、言った。

「イスマイル、三月十日にオーキッド・ロッジとかってところに行ったか」

「い、いえ、行ってません」

イスマイルは即答した。

「嘘をつけ。じゃあ、これは誰だ？　ミスタ・ユーキ、見せてやってくれ」

私はイスマイルに画像を突きつける。彼は眼を丸くして画面に見入った。

「これは……でも、俺じゃない。俺じゃないです！」

あからさまに震えだす。

「イスマイル、思い出してくれ。三月十日の十四時十四分だ。その時間どこで何をしていた？」

私が尋ねると、彼は口許を手で覆《おお》いながら考え込んでいた。が、不意に顔を上げ、

「その時間なら俺、店にいた」

「パーゴラ・カフェに？」

「そう。間違いないよ。店長が覚えてるはずだよ。信じてくれ」

私が言うより先に、リズハーンが自分のウェラを展開した。

「もしもし、俺だ。今ここにイスマイルがいるんだが、三月十日の午後二時十四分頃、奴は店にいたと言っている。間違いないか」

指向性スピーカーから流れてくる声はウェラの持ち主にしか聞こえない。しばらく間を置いてリズハーンは「わかった」とだけ言い、こちらに眼を向けた。

「こいつの言ってることは正しい。その時間、店にいたそうだ」

「その話を信じていい根拠は？」

「俺を信用するしかないだろうな」

リズハーンは怒る様子もなく、そう返した。

彼らがグルで私を騙《だま》そうとしている可能性は高かった。しかし今は、それを証明することができない。何よりここは彼らのホームで、私はたったひとりのビジターだった。

「わかった。今は信用しよう。しかし、この画像も信じないわけにはいかない」

「そうだな。他人の空似《そらに》というには似すぎている」

リズハーンも同意する。イスマイルはまた身を硬くした。

私は彼に言った。

「あんたにはリーリという双子の兄弟がいたな？これはリーリのほうなのか」

「兄貴……兄貴は……」

イスマイルは口籠《くちご》もる。

「……そこに映ってるの、兄貴じゃない」

「どうしてそう言える？」

「兄貴は……俺なんかより兄貴のほうがずっと利口だ。俺みたいにしくじったりしないし、弁護士の免許も取ったし。それに兄貴はそんな格好はしない。いつもピシッとして、いい服を着てる」

「あんたでもあんたの兄さんでもないとしたら、これは誰なんだ？」

「知らないよ。とにかく、俺でも兄貴でもない」

イスマイルは頑《かたく》なに、そう言った。

「このへんにしておいてくれないかな」

リズハーンが私に言った。

「これ以上突っ込んでも、何も出てこないだろうよ」

彼の言うとおりかもしれなかった。

「わかった。時間を取らせて悪かったな」

「別にかまわんよ。あんたなら歓迎だ。今度客としてうちの店に来てくれ。カフェでもホテルでも」

「カジノでも？」

「賭《か》ける資金があるならね」

リズハーンは笑った。私も少しだけ笑みを返し、出口に向かった。

「待ってくれ」

呼び止めたのは、イスマイルだった。

「あんた、兄貴のところに行くつもりか」

「確認しなきゃならないからな」

「兄貴はそんなヤバいことに首を突っ込むような人間じゃない。信じてくれ」

「信じるかどうかは、相手を見てから決めるつもりだ」

部屋の入口には私たちを連れてきた大男が立っていた。通りすぎるとき、彼は呟くように言った。

「タフガイ気取りだな」

「そうでもない」

私は答えた。

「やらなきゃならないことを、やってるだけだ」

5　会食

幸いなことに今回もバイクは盗まれていなかった。

パーゴラ・カフェから事務所まで帰ると、午後五時を過ぎていた。冷蔵庫からトニックウォーターを出して一気に飲み干すと、ソファに倒れ込んだ。

思った以上にリズハーンとの会見は体力を消耗《しょうもう》させるものだったようだ。体を動かす気になれない。

すぐにもリーリ・ハッサンと連絡を取って話を聞きたいところだが、すぐには起き上がりたくなかった。

しばらく天井を見上げる。いまだにこの事件の輪《りん》郭《かく》は見えない。自分が正しい道筋を辿っているのかどうかも確信が持てなかった。

久しくなかった酒への渇望が、少しだけ顔を覗かせた。昔は疲労を感じたり、考えが行き詰まったりしたときは、アルコールで気持ちを和《やわ》らげていた。私にとって酒は人生を渡っていく上での潤滑剤のようなものだった。アル中になるほど溺《おぼ》れることはなかったが、充分に依存していたと思う。

冷蔵庫からもう一本トニックウォーターを出し、口に運んだ。酒のことは忘れなければならない。自分にはもう縁のないものだ。

半分ほど飲んだとき、ウェラが着信音を鳴らした。ハムドゥーンからだ。

「もしもし？」

――あ、結城さんですね。私です。ハムドゥーン・ナシードです。

例のボストン訛りだ。

――その後、マイコのことで何かわかりましたか。

「まだです。今日は移民局に行って話を聞いてきました。そしてマイコさんが最後に会っていたという人物と接触しようと試みているところです」

――そうですか。ではまだマイコの行方はわからないんですね。

「ええ」

心の中で溜息をつきながら、私は答えた。ハムドゥーンはかなりせっかちな性格らしい。

大丈夫、見つけますすよ。そう言ってやれば安心するのかもしれない。しかし確約できないことを口にする気にはなれなかった。今日はもう、営業トークをする気力もないのだ。

――まだ、アレットには会っていませんよね。

言われても、すぐには誰のことか思い出せなかった。

「アレット……ああ、マイコさんの友人でしたね。ええ、まだ会っていません」

いずれは会っておいたほうがいいとは思っていた。しかし優先順位は後ろのほうだった。それが彼には不満だったのだろうか。

――じつは今夜、彼女と会うことになっています。

ハムドゥーンは言った。

――食事をしながらマイコのことで何か知らないかどうか訊いてみようと思いまして。一緒に来てくれませんか。

「一緒に？　いいんですか」

――誤解しないでください。私は別に変な意図で彼女と会うわけではありませんよ。

「そういう意味で言ったのではないんです」

本当はそういう意味で言ったのだが。

「何時からですか」

――午後七時から。場所はトレーダーズ・ホテルの最上階にあるレストランです。

「わかりました。伺います」

電話を切った後、しぶしぶ起き上がった。一度家に戻ってシャワーを浴び、着替える必要がありそうだ。今日は店じまいするつもりだったが、思わぬ残業となってしまった。

　まあいい。そういう日もある。

　事務所を出るとバイクに跨がり、走り出した。

　途中、ムハンマドの店の前を通ると、アブロが店先に立っていた。私を見つけると大きく手を振る。見つかってしまってはしかたない。私はバイクを停めた。

「ユーキ、うちで晩ごはん食ってけよ」

　屈託《くったく》のない笑顔で言う。

「悪いな。今日は先約がある」

　そう返すと、たちまち彼の表情が曇った。

「なあんだ、つまらない。うちのガルディアは世界一美味《うま》いのに」

「また今度な」

　再びバイクを走らせた。

　私の住むアパートはムハンマドの店から程近いところにあった。かなり老朽化の進んでいる建物だ。それでも室内を好きに改装させてくれたので住み続けている。

　ロックを解除して部屋に入ると、アイリスが出迎えてくれた。

「お帰りなさいませマスター」

「風呂に入って着替えたら、また出かける。何かあったか」

「特に報告すべきことはありません。すべて順調です。室内の掃除は済ませておきました。お風呂のお湯張りも終えています」

　いつもと変わらない返事だった。毎日同じようにロボットと会話するというのも味気ないが、そういう仕様になっているのだからしかたない。

　アイリスとも長い付き合いだった。私がホリタ警備部に勤務して、もっと大きな部屋に住んでいた頃に購入したものだ。掃除や洗濯などの家事だけでなく、防犯や情報ハブなどの機能を持っている。退職してこのアパートに引っ越してくるとき、ほとんどの家具や持ち物は処分してしまったが、なぜかアイリスだけは手放す気になれず、連れてきた。こんな小さなアパートでの雑用に使うにはオーバースペックなのだが、ロボットなので文句も言わず働いている。不気味の谷を感じさせるほど人間に近くもなく、最近流行《はや》りのロボットたちのように無機質でもない。前世紀のアニメに登場するロボットのようなフォルムなのも、私の好みだった。

服を脱いで浴室に入った。ここに浴槽を入れたのも私のこだわりだった。どうしてもシャワーだけでは風呂に入った気になれないのだ。湯がたっぷり張られた湯船に浸《つ》かって初めて、気分が寛《くつろ》ぐ。海水を真水に変える技術が確立したおかげで、マーレのように慢性水不足だった島でもふんだんに水が使えるようになった。

しかし今日はゆっくりもできなかった。髪を洗い体を洗い、急いで風呂から上がった。

それなりに格式のあるホテルなので、服装も気を付けておいたほうがいいだろう。こういうときにしか着ない麻のスーツを選んだ。

「じゃあ、行ってくる」

「お待ちくださいマスター。ドアの外に人がいます」

思わず身構える。

「アパートの住人ではないのか」

「違います。只今《ただいま》照会中です」

アイリスは頭部を青く光らせた。同時に彼女の前に仮想ディスプレイが展開する。そこに見慣れた顔が映っていた。

「照会完了。アブロ・イブラヒムですね」

アブロはドアをノックしようかどうしようか逡《しゅん》巡《じゅん》しているように見えた。私はドアを開けた。

「何の用だ？」

いきなりドアを開けられ、アブロは眼を見開いて驚いていた。

「あ……あの、俺……ユーキ、なんか洒落た服着てるね」

誤魔化すつもりらしい。

「これから出かけるからな。何の用だ？」

「デートかい？」

「同じことを三度言わせるつもりか」

「いや、あのさ……俺に頼むようなことないかなって」

「今はないと言ったはずだが。しつこいと何かあっても他の誰かに頼むことにするぞ」

「そんなあ……」

アブロはあからさまに悲しそうな顔をする。

「俺、ユーキの手伝いをしたいんだよ」

「これまでだって手伝ってもらった。それでは不満か」

「不満なんかじゃない。楽しいんだ。家で父さんの手伝いをするよりもユーキの手伝いをしてるほうが楽しいんだよ。だってそのほうが、ずっと男らしいし」

「男らしいかどうかが、おまえの仕事の基準か」

「そう……そうだと思う」

「だったら父さんの手伝いをしろ。私より家族を養うために店を切り盛りしているムハンマドのほうが、ずっと男らしい」

意外なことを言われた、というようにアブロは口を尖《とが》らせ何か言おうとした。その機先を制して、私は言った。

「私のやっていることは、ゴミ拾いと変わらない。他の人間がやらないような、瑣末《さまつ》なことばかりだ。それでもなくてはならない仕事だから私はやっている。男らしさなんて関係ない。だから、おまえがやる必要はない。本当に男らしいことをしたいというのなら、まず男らしいとは何かを学べ」

「どうやって？　どうやって学べばいいんだよ？」

「物事をよく見ろ。よく知れ。時間をかけろ」

「そんな、時間なんかかけてられるかよ。俺はすぐにも――」

「なぜ時間を気にする？　おまえはまだ若い。学んで考える時間はたっぷりあるはずだ。どうしてそんなに急ぐ？」

「それは……」

一瞬言いよどんだが、すぐに意を決したように話しはじめた。

「俺は、すぐにもちゃんとした仕事をしたいんだ。勉強とかそんなまどろっこしいことなんかいいから、一日も早く仕事ができるようになりたい。そして……ここから出たいんだ」

「家からか」

「この国からだよ。俺はもっと遠い国に行きたい」

「モルディブが嫌いか」

「嫌いだよ。こんなせせこましくて退屈なところなんか。俺、日本に行きたい」

「日本が今どんな状況か知らないのか。とても移り住みたくなるような場所じゃないぞ」

「知ってるよ。学校で習ったもん。でも、ここよりはいいよ」

アブロは私の眼を見据えて、言った。

「観光客やエレベーターに乗りにくる奴らはみんな、この国が天国だとか美しいとか言うけどさ、そんなの見かけだけだ。太陽が眩《まぶ》しくて海がきれいなだけで、中身は腐ってる。政府の連中は賄賂《わいろ》で金まみれになってるし、大人たちはそのおこぼれをもらうことばっかり考えてる。こんなところにいたら、俺も腐っちまう。だから腐る前に出ていきたいんだ」

私はいささか驚きながらアブロの言葉を聞いていた。まさか彼がこんなことを考えているとは思わなかったのだ。そして同時に、少しばかり微笑ましくなった。彼の年齢にしては早すぎる反抗心が、どこか懐《なつ》かしいものに感じられたからだ。まるで日本を出た頃の自分のように。

だから、あえて言った。

「大人は腐っていると言ったな。おまえのお父さんも、そうだと思うのか」

「え？」

「さっきも言った。彼は家族を養うために必死で働いている。その仕事は、誰にも恥じることのない立派なものだ。そんなムハンマドも汚い大人のひとりだと思うのか」

「……それは、違うかもしれないけど、でも、父さんの稼いだ金も結局は汚い大人たちが使った金なんだ。だから……」

「その理屈で言えば、ではどうやったら汚くない金稼ぎができるんだ？」

「それは……」

「どこに行けば、おまえが汚いと思わない仕事ができる？」

「…………」

「そんな場所は、どこにもない。おまえの物差しで計ったら、世界にはきれいな大人なんてひとりもいないことになる。逆に言えば、大人はみんな汚れを背負いながら生きている。汚れながら、それでも誇りを失わずにな。おまえにはまだ、汚れを背負う覚悟もなければ誇りを失わない自信もない。そういう状態を子供という」

アブロは両手の拳《こぶし》を握りしめたまま、口を一文字に結んで黙っていた。

「おまえが急ぎたい気持ちもわかる。自分が汚れてしまうのを恐れているんだ。大人と同じようになることが怖いんだ。だから一刻も早く行動したい。だがな、急いだっていい結果は出ない。おまえには準備も力も足りないからだ。汚れる準備をしろ。汚れに立ち向かえる力を付けろ。話は、それからだ。わかったか」

「……よく、わからない」

アブロは言った。

「でも、たしかに俺はまだ、何もできないよ。だから、できるようになるまで、頑張る」

彼の眼が、少し潤《うる》んでいた。

「それでいい」

私は言った。

「何かおまえの力を借りたいことがあったら、そのときは頼む」

「うん」

アブロは頷いた。


トレーダーズ・ホテルはマーレでも老舗《しにせ》のホテルのひとつだ。少しばかり格式も高い。なので私にはこれまで縁がなかった。ここで食事をするのも今日が初めてだ。スーツの皺が妙に気になった。

入口でハムドゥーンの名前を告げると、窓際の席に案内された。すでに彼と、ひとりの女性が到着していた。

「遅くなりました」

「私たちも今来たところです。アレット、このひとが話していたセロ・ユーキです。ユーキ、こちらがアレット・アダムスです」

「はじめまして」

「こちらこそ、はじめまして」

お互いに挨拶を交わした。

アレットは四十歳前後の女性だった。背が高く鋭角的な顔立ちで、贅肉《ぜいにく》も付いていないようだ。ウェーブのかかった長い髪はブルネット、瞳の色に合わせた濃いグリーンのワンピースを着ている。彼女は口許に笑みを浮かべながら、しかし値踏みするような視線を私に向けていた。

「ユーキさんは探偵なのですね？」

「探偵めいたこともしますが、他にもいろいろしますよ。便利屋なんです」

「部屋の模様替えをするときに家具を移動させたいというときも手伝っていただけるのかしら？」

「ご要望とあれば」

「それはありがたいわ。でもハムドゥーンに頼んだほうがいいかしら」

「私に？　どうして？」

「もちろん、お互いのことをよく知ってるからよ」

そう言うときのアレットの視線には、艶めいたものが感じられた。

「いや……でも私は非力だから……」

ハムドゥーンは戸惑っているようだ。

ウェイターがアペリティフを持ってきた。アルコールフリーのワインだ。続いて出てきた料理はフレンチのコースだった。

「ここ、美味《おい》しいわね」

アレットはシイラのグリルを口に運ぶと、嬉しそうに言った。

「フランス人の君が褒《ほ》めるのなら本物だな」

ハムドゥーンが言うと、

「生憎《あいにく》とわたしの舌を鍛《きた》えてくれたのは、フランスじゃなくてマンハッタンよ。それと好みは日本食。覚えておいてね」

と返した。ハムドゥーンは薄く笑みを浮かべて食事に戻る。私はふたりの様子を観察しながら、何も言わずに食事をした。どうやら食べている間は本題に入らないようだ。

食後のコーヒーが出たところで、ハムドゥーンが言った。

「アレット、前もって話したようにユーキさんにマイコのことを調べてもらっているんだ。君にも協力してもらいたいんだよ」

「わたしにできることなら何でもするわ」

アレットは言った。

「マイコはわたしにとっても大切な友人だから。もちろんあなたもよ、ハムドゥーン」

彼女はテーブルの上に置かれたハムドゥーンの手に自分の手を添えた。

「忘れないで。あなたにはわたしがいるわ」

「あ、ああ……ありがとう」

ハムドゥーンは少しばかりうろたえながら私を見た。私は言った。

「アレットさん、まずはあなたとマイコさんの関係から教えていただけませんか。どういうお知り合いなんですか」

　アレットはハムドゥーンから手を離し、それから私に視線を向けた。

「以前わたしも移民局に勤めていたんです。そのときからの付き合いですわ」

「以前ということは、今は辞められたんですね？」

「ええ、二年前に。でもマイコとは今でも頻繁《ひんぱん》に連絡を取り合っていました」

「一番最近マイコさんと連絡を取ったのは、いつですか」

「三月七日です。メールのやりとりをしました」

「どんな内容の？」

「それは個人のプライバシーを侵害することになりますから、言えません」

「あなたは先程『わたしにできることなら何でもする』と仰っていましたが」

「それとこれとは話が別です」

「アレット、頼むよ」

　私たちのやりとりを聞いていたハムドゥーンが言った。

「マイコの行方を知りたいんだ。教えてくれないか」

「でも、今回のこととは関係ないと思うわ。全然別の話よ」

「それは聞いてから判断させてください」

　私が言うと、アレットは気を悪くしたような表情を見せたが、

「……わかったわ。でも本当に関係ないのよ」

　そう言って自分のウェラを見る。

「マイコからメールが来たのよ。プレゼント選びを手伝ってくれてありがとうって」

「プレゼント？」

「三月二十日のね」

「……私の誕生日か」

ハムドゥーンが呟くように言った。

「そうよ。あなたのためにマイコはプレゼントを用意したの。わたしはその手伝いをしたのよ。折角《せっかく》あなたには内緒にしてたのに。だから言いたくなかったの」

「メールの内容は、それだけですか」

「ええ。疑うなら見てみる?」

アレットはウェラを操作してメールの文面を表示させると、私に見せた。彼女が言ったとおりの文面だった。

「なるほど。では直接マイコさんと会ったのは、いつが最後ですか」

「それは……先月の十二日だったかしら。カフェでお茶を飲んだわ」

「そのとき、彼女に何か気になることはありませんでしたか」

「特になかったわね。当たり障りのない話をしただけ」

「当たり障りのない話しかできない間柄なんですか」

私の質問に、アレットは少し表情を変える。

「そういう言われかたをするのは心外ね。わたしたちは何でも言い合える仲なんだから」

「失礼しました。それで、当たり障りのないことというのは、どういうことですか」

「だから、最近観た映画のこととか、買った服のこととか、そんなことよ。何か問題でもある?」

「ありません。マイコさんとはいつも、そういう話をされているんですね?」

「そうよ。女性同士なんて、そんなものでしょ」

「わかりますよ。たぶんあなたの離婚についての相談も、当たり障りのない話題なのでしょうね」

私が言うと、アレットは眼を見開いた。

「どうして……ああ、ハムドゥーンが話したのね」

「いや、私は何も――」

「あなたの左手薬指に指輪の痕があります。結婚はしているけど、人前では指輪を見せたくないということですよね。あなたがたの夫婦仲は、それほどよくないのだと推察できます。たぶんあなたは離婚を考えている。そういうことは親しい友人には相談しているのではないかと思ったわけです」

アレットは咄嗟《とっさ》に自分の左手を隠そうとした。

「あなた、観察眼が鋭いのね」

私を見る彼女の視線は鋭かった。が、すぐに力を抜いたように和らいだ。

「でも、間違ってるわよ」

そう言うと、ハムドゥーンに意味ありげな視線を投げた。なるほど、彼に指輪をしている姿を見せたくなかったということか。

「面白いわね。ハムドゥーンがあなたに依頼したのは正しかったかも。あなたならマイコの行方を見つけられそうね」

「そうであってほしいと思います」

「たしかにわたしたち夫婦の間には亀裂があるわ。修復不能なくらいの亀裂がね。ハンクはわたしと結婚したのは失敗だったと思ってる。わたしもその点では同意してるの。そもそも結婚という制度そのものに疑問を持ってるわね。赤の他人を縛《しば》りつけるなんて無意味よ」

「その点については何とも論評できませんが、しかし……ちょっと待ってください。あなたのご主人の名前はハンク・アダムスというのですか」

「ええ」

マーレに住んでいる西洋人は、そんなに多くない。ましてやハンク・アダムスという名前は。

「夫のこと、知ってるの？」

「『モルディブ・トゥデイ』というニュース・ブログを作っているひとですか」

「だからそうだって言ってるでしょ。夫と知り合いなの？」

「今日、初めて会いました」

「どこで？」

「オーキッド・ロッジというホテルです。マイコさんのことを調べているうちに辿り着きました」

「それ、どういうことですか」

ハムドゥーンが訊いてきた。私はツガル・カネダという人物のことを彼らに話した。

「そのカネダという日本人も行方がわからないんですね？」

「ええ、彼がマイコさんについて何か知っているのか訊こうと思っていたんですが」

「カネダの失踪も妻の失踪に関係しているんでしょうか」

「今のところはわかりません」

「それで、ハンクはどうして、そのホテルにいたの？」

アレットが訊いてきた。

「わかりません」

私は答えた。

「ただ、たまたまホテルのロビーで顔を合わせて少し話をしただけなので」

枝を這うカタツムリたち云々《うんぬん》の話は、しないことにした。当面は明かさないほうがいいと判断したのだ。

「まあ、あのひとのことだから、何かゴシップを探してたんでしょうけどね」

アレットは素直に信じてくれたようだった。

「カネダという男が気になる」

ハムドゥーンの表情が硬かった。

「もしかしたら、マイコのことを何か知っているのかもしれない。ユーキさん、彼のことをもっと調べてみてください」

「そのつもりです」

私は答えた。

6 拉致《らち》

トレーダーズ・ホテルを出てバイクに乗り、自分のアパートへの道を辿っていた。

走りながらハムドゥーンとアレットとの会話を思い返し、考えていた。何よりも気になったのはハンクとアレットのことだ。

これは偶然なのだろうか。それとも……。

バイクに乗っているときは慎重を旨《むね》としているのに、そのときはつい考えごとを優先していた。だから前を走っていた車が急ブレーキをかけたとき、危うく追突しそうになった。

ぎりぎりで停まったバイクを立て直して車を追い越そうとしたとき、その車のドアが開いて男がふたり出てきた。

「大丈夫でしたか」

ひとりが声をかけて近付いてくる。

「あ、いや、問題——」

言い終える前に男は私の傍《かたわ》らに立った。もうひとりはバイクの前に立ちはだかっている。

脳内に警報が鳴った。しかしもう遅かった。傍らに立った男が私の肩に左手を回した。

「騒ぐなよな」

右の肋骨あたりに固いものを当てられる感触があった。小型のピストルのようだった。

「一緒に来てくれ」

ディベヒ語だった。モルディブ人らしい。背丈《せたけ》は私より少し高い。痩せていて鋭い眼付きをしている。バイクの行く手を塞《ふさ》いでいる男は百九十センチ近い大男で、私を片手で持ち上げられそうな体型をしていた。

「あんたたち、何なんだ？」

問いかけながら状況を分析した。生憎とあたりに人通りはない。助けを求めても無駄なようだ。

「質問は後にしてくれ。俺たちはあんたを連れてくるように言われてるだけだ」

私に銃を突きつけている男が言った。

「つまり、交渉の余地はないってことか」

「そういうことだ。車に乗ってくれよ」

「……わかった。だが、このバイクはどうする？　ここにほったらかしにしておきたくないんだが」

「命があれば、バイクなんか買い直すことができる。そうだろ？」

「たしかに」

私はバイクを降りると道の傍らに寄せた。

待っていた車は二〇八〇年製の青いマツダだった。マーレでは比較的よく見る車種だ。念のためナンバープレートの数字を記憶しておく。

後部座席に押し込まれた。両側に男たちが乗り込む。運転席には白髪の目立つ男が乗っている。そして助手席にもひとり、こちらは女性のように見えた。

「連れてきましたよ」

痩せた男が言った。報告した相手は運転席の男ではなく、助手席の女だった。

「どこに連れていかれるのかな？」

無駄と知りつつ尋ねた。案の定、返事はなく、車は走り出した。

マジディー・マグを西に向かっていた。そこからイザディーン・マグで南に折れ、しばらく走って停まる。

「降りて」

初めて女が喋った。いい声だった。

自分がいるところがマーレ南端の一画であることは理解できた。この時間帯なら最も人気《ひとけ》の少ない地域だ。目の前にあるのは何かの倉庫で、窓に明かりが灯《とも》っているのが見える。あまり楽しい状況ではなかった。

私を挟《はさ》み込んでいた男のうち、柄《がら》の大きなほうが倉庫に走り、シャッターを開けた。

「入って」

女が言った。雰囲気からすると三十歳前後だ。髪が長く、私の知らない香水を付けていた。薄暗くてよくわからないが、肉感的な体付きをしているようだった。

私は大人しく開いたシャッターに向かった。歩いている間も周囲に気を配った。倉庫の前に車が一台停まっている。ベンツのようだ。運転席に誰か乗っているのが見える。

シャッターを潜《くぐ》り抜けると、中には小型のコンテナが積み上げられていた。その前に小柄な男がひとり立っている。

今どき珍しいアフロヘアだった。ほっそりとした体つきだが弱々しくは見えない。それは多分、男の横柄《おうへい》な態度のせいだろう。体をいくぶん反《そ》り返らせ、フレームの大きな眼鏡越しにこちらを見ている。それが虚勢と感じられないのは、私が彼のことをいくらか知っているからかもしれない。

「こんなところに招待して気を悪くしないでくれ、ユーキ。急なことで店を予約できなかったんだ」

男は澄んだ声で言った。

「あんたが俺に悪意を持たないでくれると嬉しいんだが」

「それは、これからの話によるな」

私は言った。

「私の記憶では、今まで〝最高《バラーバル》のムスタファ〟とは友好的な付き合いをしてきたと思っていたんだが。何が間違っていたのかな」

「何も間違っちゃいない。あんたと俺は友人だよ。地球駅での一件以来な」

ムスタファは大げさな身振りで言った。

「いつか借りを返したいと思っていたんだ。俺は他人に負債を作るのが嫌いなんでね。それで今回、こうしてあんたを呼び出したってわけさ」

「よくわからないな。ここでどうやって借りを返すというんだ?」

「簡単なことだ。俺がいくつかの質問をする。あんたがそれに誠実に答える。そして別れる」

「それが私に何の得があると?」

「どこも痛まず、服も汚れないで家に帰れるんだ。御《おん》の字だとは思わんかね」

「つまり私があんたに誠実でなければ、危害が加えられるということか。無実の罪に問われそうになったところを助けた人間に対して、あまりに酷《こく》な態度だな」

「たしかに、あんたのおかげでテロリストの汚名を着せられることは免れた。だがそのせいで、いくつかの賭場《とば》を手放すことになった。今じゃそれはそっくり伊達男《リティ》のリズハーンの手に渡ってしまったがな」

「それが私のせいだと?」

「あんたとリズハーンが裏で繋がっているんじゃないかと邪推《じゃすい》しても、おかしくはないだろ? 実際あんたらは仲がいい」

「誤解だな。リズハーンとは不可侵条約を結んでいる。それ以上の関係ではない。あんたとも同じ関係にあると理解しているよ」

「じゃあどうして、あいつに会いに行った?」

「あいつというのは?」

「イスマイル・ハッサンだよ。パーゴラ・カフェの皿洗いだ」

「ああ、それは人捜しのためだ。どうしてそんなことを知っている?」

「マーレは狭いんだよ。俺の耳に入ってこない情報はない。そんなことより人捜しというのは誰を捜しているんだ?」

「それは言えないな。職業上の秘密事項だ」

そう答えた次の瞬間、右のこめかみあたりに強い衝撃を受けた。横にいた大男が拳を使ったのだ。私は思わず膝《ひざ》を折った。

「おい、俺がやれという前にやるな。今日は極力友好的に話したいんだ」

　あまり強い口調ではなかった。ムスタファは私の前にしゃがみ込み、

「悪いが、借りを返すのは別の機会にするよ。こうなったら、包み隠さず話してもらいたい。あんたは何を追っている？」

「いきなり殴《なぐ》ってくるような相手に話すつもりはないな」

　頭を振りながら、私は言った。

「あんたこそ、どうしてイスマイルを気にする？　あいつに何か用なのか」

「世の中にはな、知らなくていいことと、知ってはいけないことがあるんだ。それくらいの分別はある男だと思ってたんだがな」

「あんたにも教えといてやろう。世の中には言いたくないことと、金輪際《こんりんざい》言いたくないことがある」

「利《き》いたふうなことを言うじゃないか」

　起き上がろうとしたところに蹴《け》りを入れられた。肋骨に鈍《にぶ》い痛みが走り、床に這いつくばった。

「誰に義理立てしてるんだ？　金で横っ面《つら》を引っぱたかれたのか」

　痛みに呻《うめ》きそうになっている私に、ムスタファは言った。

「いくらで買われたか言え。俺がその倍出してやる」

「金の問題じゃない……脇の下をくすぐられたくらいで秘密をばらしてたら、仕事の信用を失くすからな」

「職業倫理ってやつか。立派だな」

　ムスタファは口の端を歪《ゆが》めて笑った。

「俺も金で転ぶような奴は信用しない。だがな、金でも転ばないような奴はもっと嫌いなんだよ」

　その後は、私の忍耐と肉体的苦痛への耐性が試される時間だった。大男は私を殴り、蹴り、踏みつけた。文字どおり、ずたぼろになるまで。幸いだったのは、彼がただ図体《ずうたい》の大きな力持ちでしかなかった

ということだ。殴って蹴るくらいしか能がなかった。拷問《ごうもん》というには独創性がなく、単調なものだった。

「もう、いい」

適当なところでムスタファが止めた。そして血まみれの雑巾《ぞうきん》みたいになっているであろう私に言った。

「正直、呆《あき》れてるよ。あんたには損得勘定というのがないのか」

「……あるよ」

私は言った。

「これでも計算高いほうなんだ。自分の得にならないことは、しない」

「なるほどな。恐れ入ったよ」

顔を上げると、ムスタファが手を差し出していた。私はそれを無視して自分の力で立ち上がった。

「いいんですか」

痩せた男がムスタファに訊く。

「ああ、こいつは充分に喋ってくれた。疑って悪かったな、ユーキ」

彼は私の服の襟《えり》を直した。

「マリヤム、彼を家まで送り届けてくれ」

瞼《まぶた》が腫《は》れ上がって半ば塞がった眼で、私はあらためてマリヤムと呼ばれた女性を見た。青いドレスを着ていた。黒い髪は肩にかかる長さ。目鼻立ちの整った、しかしどこか険《けん》の感じられる顔立ちだった。彼女は私を見て、憐《あわ》れむような表情を浮かべた。

「今度会ったときは、酒でも奢《おご》らせてもらおう」

ムスタファが言ったので、私は彼のほうを見ないで答えた。

「酒は飲まない。美味いコーヒーでも飲ませてくれ」

倉庫を出る。私を連れてきたマツダにまた乗せられた。今度も痩せた男と大男が私の両側に座り、マリヤムは助手席に乗った。

「痛かったか」

車が走り出すと、痩せた男が私に訊いた。

「そりゃ痛いさ。殴られて痛みを感じないのは死体くらいだ」

「死体にならなくてよかったな。俺も今日は死体の始末をさせられなくて、ほっとしている」

そのとき、助手席のマリヤムが言った。

「あなたの名前、ユーキだったわね。どうして殴られても何も言わなかったの？」

「言いたくないからだよ」

「わからない。そんなに酷《ひど》い目に遭《あ》ったのに黙っているなんて。あ、でもムスタファは、あなたが喋ったって言ってた。どういうこと？」

「欲しかった情報は私から得られたということなんだろうな」

「どうやって？　あなたは何も言わなかった」

「だからだ。ムスタファは私とリズハーンの仲を疑っていた。だがこの兄さんにいたぶらせても、私は何も言わなかった。だから私とリズハーンの間に何もないと確信したんだ」

「あなたのことを信用したの？」

「少し違う。リズハーンとの間に何かあるなら、少し痛い目に遭わせればすぐに白状すると彼は考えていた。リズハーンは命を懸《か》けて義理立てするほどの人間じゃないからな。何も言わないというのは、本当に何もないからだ」

喋っていると口の中に血の味が広がる。楽しいものではなかった。

「ところで、あんたたちはイスマイル・ハッサンのことは知らないのか。会ったことは？」

「おまえ、こんな目に遭ってもまだ仕事をするつもりか。呆れたワーカホリックだな」

痩せた男が言った。

「第一、俺たちが喋ると思うか。俺たちは――」

「イスマイルなら、会ったことがあるわ」

マリヤムが言った。

「パーゴラ・カフェがムスタファの持ち物だった

頃、イスマイルも彼の持ち物のひとつだった」

「その頃からあいつは皿洗いをしてたのか」

「いいえ、店長だったわ。ムスタファがあの店を手放したとき、食器やテーブルと一緒にイスマイルも売られたのよ」

「あいつには、それだけの価値があるのか」

「さあね。わたしにはただのチンピラにしか見えないけど。ただ――」

「マリヤム、それくらいにしてくれませんか」

痩せた男が釘を刺した。

「それ以上話すと、ムスタファに報告しなくちゃならない」

「したら？　わたしはかまわないわよ」

マリヤムは挑発するように言うと、振り向いて私を見つめた。

「ムスタファもリズハーンも、どういうわけかイスマイルにご執心《しゅうしん》。理由は知らない」

「そうか。情報に感謝する」

「それ以上は訊くなよ。おまえをまた痛めつけなきゃならなくなる」

痩せた男が感情の籠《こ》もらない口調で言った。私は申し出を受け入れることにした。

車はガロル国立競技場の南側で停まった。

「ここで降りろ」

言われたとおりに降りると、車はすぐに発車した。残された私は痛む体を引きずりながら歩いて彼らに拉致《らち》された場所へ向かった。

バイク運もさすがに尽きていたようだ。置いておいた場所にはなかった。すぐにウェラで位置を確認しようとしたが、反応はなかった。真っ先にGPSを壊されたのだろう。今頃はばらばらに分解されているかもしれない。

溜息をひとつつくと、歩いて家に向かった。

部屋に戻ると、まず怪我のチェックをする。鏡に映っている自分の顔は滑稽《こっけい》なほどだった。濡れタオルで覆《おお》うと、あちこち沁《し》みた。切り傷や擦《す》り傷はたくさんあったが、それほど深いものではない。骨折もしていないようだ。もしかしたらあの大男、手加減してくれていたのかもしれない。だからといって感謝するつもりはないが。

頭痛のときに飲む痛み止めをトニックウォーターで流し込む。

「マスター、スーツが汚れて破れています。クリーニングを行いますか」

アイリスが言った。

「直せるか」

「汚れは落とすことができますが、破損部分の修復は専門家に依頼する必要があります。手続きしますか」

「頼む。こいつを駄目にすると、いざというときに着ていくものがない」

「了解しました。マスターは怪我をされているようですが、医師の往診を依頼しますか」

「その必要はない。風呂を入れてくれ」

痛む傷をあえて湯船に沈め、ぴりぴりとした感覚を味わいながら考えた。

ムスタファが私を拉致したのは、イスマイルと接触したせいらしい。どうやら彼の動向をチェックしていたようだ。そしてリズハーンはパーゴラ・カフェを手に入れるときにイスマイルも一緒に引き取っている。マーレの顔役ふたりにとって、あの男は重要な意味があるらしい。

しかし、なぜ？

会った印象では、そんな大物には思えなかった。どこにでもいる与太者《よたもの》だ。

もう少し彼に突っ込んで話を聞くべきだったのだろうか。もしかしたら大きな秘密を抱《かか》えているのかもしれない。

秘密……それはもしかしたら、ツガル・カネダの失踪に関わることなのだろうか。やはりオーキッド・ロッジへカネダの荷物を取りに現れたのはイスマイルなのかもしれない。あるいは……。

そこまで考えたところで、少し意識が混濁《こんだく》してきた。危うく眠ってしまいそうになる。痛み止めの副作用だ。風呂から上がり、着替えをしてベッドに入った。今日はもう、寝てしまおう。

明かりを消し、眼を閉じた。しばらくいろいろな考えが頭の中を巡ったが、やがてそれも途切《とぎ》れた。


何か夢を見ていたのかもしれない。それが良い夢なのか悪夢かも思い出せない。眼を覚ましたときには、ひどく気持ちが揺らいでいた。

まだ部屋の中は真っ暗だった。私は眠りを中断させたものに気付いた。ウェラの着信音だ。テーブルに置いたウェラを手に取る。知らない番号が表示されていた。時刻は零《れい》時二十八分。

「もしもし？」

——助けて！

いきなり言われた。

——お願い！　助けてちょうだい！


女性の声だ。

「どなたですか」

——アレットよ。アレット・アダムス。お願い、助けて！

「落ち着いてください。今、どこにいるんです？」

——ガユームホテル。三一一号室。早く来て！でないと——。

何かがぶつかるような音がした。

「もしもし？　アレットさん？」

返事はない。

「もしもし？　もしもし？」

意識はもう、はっきりしていた。だから時間を無駄にしてはいけないこともわかっていた。私は明かりを灯し、素早く服を着替えた。

「どうしました？　マスター？」

アイリスの問いかけにも答えなかった。急いでアパートを飛び出した。

そして気付いた。バイクがない。

「くそっ」

　そのままムハンマドの店へと走った。

　店は閉まっていたが、明かりは灯っていた。ドアをノックすると、ムハンマドが顔を出した。

「どうしたんだユーキ、こんな時間に。それに、その顔はどうした？」

「説明している暇《ひま》はないんだ。バイクを貸してくれないか」

「あんたのバイクはどうした？」

「今頃はスクラップになっていると思う。盗まれたんだ」

「それは災難だな。ちょっと待ってろ」

　ムハンマドは店の隣にある倉庫を開けた。中に置かれたバイクを引っ張りだす。

「これを使え」

「すまない」

　礼を言ってバイクに跨がった。

　ガユームホテルには十分ほどで到着した。マーレの北東地区、ロアシャニー・マグ沿いに建つ、観光客だけでなく地元の人間も利用する中規模のホテルだ。

　フロントで問い合わせると、三一一号室に宿泊客はいる、しかし誰なのかは教えられないと言われた。

「じゃあ電話を入れてくれ。安否を確かめたい」

　安否という言葉が効いた。フロント係はすぐに連絡を入れた。

「お出になりませんが」

「大至急、室内を確かめる必要がある。マスターキーを持っている者がいたら、ついてきてくれ」

　幸いにも応対に出たフロント係は臨機応変な行動のできる人間で、すぐに客室係の男性をひとり連れてきた。私たちはエレベーターで三階に上がった。

　三一一号室に到着すると、まず私がドアをノックした。

「アレットさん、いますか」

返事はなかった。私が眼で合図すると、客室係はキーカードをかざしてドアを解錠した。

ドアを開けて最初に眼に留《と》まったのは、ピンクの大きなスーツケースだった。その向こうには備《そな》えつけのテーブルと明かりの灯ったスタンドがある。左手はバスルームだ。

客室係のほうが私より先に入った。失礼します、と言って奥に向かう。そして小さく悲鳴をあげた。

私も後に続いた。客室係はベッドの前に立ち竦《すく》んでいる。私もそれを見た。掛布が捲《めく》りあげられ、枕も床下に落ちている。人の姿はない。そしてシーツには赤い染《し》みがあった。

血だった。掌《てのひら》くらいの大きさに広がっている。

「何が、あったんでしょうか」

客室係が震える声で言った。

「わからない。とりあえず警察に通報するべきだな」

「警察……」

「君の判断でできなければ、上の者と相談してくれ」

客室係は部屋を飛び出していった。ウェラを使わず直接報告に行くつもりらしい。そのほうが好都合だった。ひとりになった私は、室内を検分した。

ベッドの血の染みは一ヶ所だけだった。他には床にも落ちていない。テーブルには私物類は何も置かれていなかった。

クローゼットを開けてみる。今夜会ったときに着ていたグリーンのワンピースが掛けられていた。ベージュのパンプスも置かれている。これも今夜履いていたものだ。

次にバスルーム。洗面台のまわりに化粧道具が並べられていた。どれも特に高級品と呼べるようなものではなかった。シャワーコーナーの壁面と仕切りのカーテンは濡れていた。

そしてスーツケースだ。幸いにも鍵は掛かっていなかった。開けると着替えがぎっしりと詰まっていた。それを掻き分けると、洋服の間に封筒が挟まっているのを見つけた。封はされていない。中のものを取り出してみた。

今どき珍しい、プリントアウトした画像だった。所謂写真《いわゆるフォトグラフ》というやつだ。五枚あった。

どれもアレットが写っていた。どこかの建物から出てくるところだ。濃紺のスーツを着ていた。そして彼女の傍らにはハムドゥーンがいた。

どの写真にも、アレットの傍らには彼がいた。アレットが彼に寄り添い、微笑んでいる。何かを楽しげに囁《ささや》いている。大きな口を開けて笑っている。そして彼にキスをしている。

私は写真を封筒に戻し、自分のポケットに押し込んだ。

スーツケースを閉じたところに客室係が戻ってきた。背の高い男を連れてきている。彼は自分をフロントマネージャーだと紹介した。

「今、警察に通報いたしました」

フロントマネージャーは私に言った。それから室内を見て、顔色を青くした。

「これは、どういうことなのでしょうか」

「わからないが、何かあったと考えたほうがいいだろうな」

「何かというと?」

「血の流れるような、何かだ」

フロントマネージャーの顔色が、さらに悪くなった。

ウサーマ・ディディは刑事というよりモデルか俳優が似合いそうな風貌《ふうぼう》をしていた。

「では、アレット・アダムスさんからの電話を受けて、こちらにいらしたんですね?」

言葉遣いが丁寧《ていねい》で発音もきれいだ。

「そのとおりだ」

三一一号室には数人の警察官が入り込んでいた。私は廊下でウサーマの質問を受けていた。

警察がやってくるまでにどこまで話すかは決めておいた。自分の身分、アレットと知り合った経緯、今夜彼女と会ったことも正直に話した。ハムドゥーンが同席していたことも話したが、彼からの依頼内容については言わなかった。彼のことは「仕事で知り合った友人」という説明で済ませた。それで納得してもらえるかどうかわからなかったが、ウサーマは今のところ、深く追及はしてこない。

「今夜あなたと会ったとき、アダムスさんは何か困っていたとか心配事があったとか、そんなことはありませんでしたか」

「特にそんな様子はなかった。彼女の精神状態は平静だったと思う」

「するとホテルに戻ってから危険に晒《さら》されたということですか。しかしなぜアダムスさんは、あなたに助けを求めたのでしょうね？　身に危険が迫っているのなら、警察に通報するべきだと思うのですが」

「警察に報《しら》せられない何らかの事情があったのかもしれないが、それが何なのか私にもわからない」

私がそう答えたとき、室内にいた警官がひとり出てきた。

「主任、ベッドの血液とバスルームにあったブラシに付着していた毛髪のDNAが一致しました」

「そのDNAはリストに載《の》っているか」

「いいえ、初見です。ただ、アレット・アダムスは以前、警察と接触を持っています」

「いつ？　どんな？」

「半年前、夫へのドメスティック《D》・バイオレンス《V》で警察が通報を受け、彼女の家に赴《おもむ》いています」

「夫への？　夫からのじゃないんだな？」

「はい、彼女が夫に暴力を振るったようです。単なる夫婦喧嘩《げんか》ということで注意のみに留《とど》まったようですが」

「夫の名前は？」

「ハンク・アダムス。職業はブロガー」

「ブロガー？」

「有料ブログを書いて収入を得ているようです」

「今どきそんな仕事がまだ成立しているとはね。ともあれ、夫にも話を聞く必要があるな。ところでアレット・アダムスはいつからこのホテルに宿泊しているんだ？」

「確認してきます」

警官は部屋に入っていく。戻ってきたときにはフロントマネージャーを連れてきていた。警察の検分に立ち会っていたのだ。

「お客様は今日の午後三時にチェックインされました」

マネージャーは少し緊張した面持《おもも》ちで答えた。

「予定では一泊されることになっています」

「これまでにアレット・アダムスさんがこのホテルを利用したことはありますか」

ウサーマの問いに、マネージャーは頷く。

「ございます。先程確認しました。ほぼ一ヶ月に一回の割合で、これまでに三度ご利用いただいております」

「ずいぶん頻繁《ひんぱん》に泊まってますね。何のために？」

「さあ、そこまでは……」

「ちょっといいかな」

私は口を挟んだ。

「これまでも泊まるときは、彼女ひとりだったか」

「はい、おひとり様でした」

「いつも一泊だった？」

「はい、ご一泊でした」

「彼女は泊まる際、いつもあのスーツケースを持ってきていたかな？」

「それは……よくわかりませんが」

「彼女を接客した従業員に訊いてみてもらえないか」

マネージャーは困惑顔でウサーマに視線を向けた。

「何を気にしてるんですか」

ウサーマが訊いてくる。

「一泊にしては、あのスーツケースが大げさすぎるんだ。少なくとも一週間はどこかに泊まるつもりででてきたとしか思えない」

「なるほどね。警察としても確認しておくべき事柄のようです。マネージャー、お願いします」

「わかりました」

「それと、この階の防犯カメラ画像も見たいんですが」

「準備します」

そう言ってマネージャーは離れていった。

「なかなか鋭い指摘ですね」

ウサーマが微笑んだ。

「便利屋にしておくには惜しい人材のようだ」

「そんなことはない。ただの思いつきだよ」

「不機嫌なようですね。何か気に障ることでも言いましたか」

「いや、この状況が気に入らないだけだ。なぜアレットは私を呼び、消えたのか」

それだけではない。なぜムスタファは私を脅したのか。そしてなぜ、彼が脅したその日にアレットが消えたのか。

わからないことばかりだ。

「ところで、訊きたいことがあるんですがね」

ウサーマが言った。

「その顔の傷、どうしたんですか」

「転んで擦り剝いただけだ」

「ほお」

ウサーマは微笑んだまま、いきなり私の胸を叩いた。

思わず呻き声を洩らし、体を折った。

「相当ひどい転びかただ。肋骨までやってるんですか」

「……不器用なんだ。転んだときに受け身を取るのを忘れたんだよ」

痛みを堪《こら》えながら、そう答えた。

「あなたにも、まだいろいろと訊かなければならないことがあるようですね」

「帰らせてはもらえないということか」

そのとき、フロントマネージャーが戻ってきた。

「防犯カメラの画像、お見せできますが」

「じゃあ、早速《さっそく》見せてもらいましょう。ユーキさん、一緒に行きませんか」

「私も見ていいのかね？」

「興味はないので？」

「いいや、大いにある」

私たちが案内されたのはホテルの一階にある小部屋だった。壁面に八つの仮想ディスプレイが設置され、ホテル内の様子を順次映し出していた。テーブルの前には若い男がひとり座っていた。

「ここで防犯カメラのモニタリングをしています。録画した画像データはこちらのモニタで見られます」

マネージャーは言う。テーブルに置かれた旧式のパソコンにホテルの廊下が映し出されていた。

「これが三一一号室に一番近いところに設置されたカメラの画像です。いつ頃のが必要ですか」

「アレットから私に電話が入ったのは、零時二十八分だった」

私は言った。

「とりあえず零時二十分頃からの画像を見せてくれ」

マネージャーの指示で若い男が機器を操作した。先程と同じ廊下が映し出される。画像の右下に数字が表示されていた。カメラの番号と撮影日時のようだ。

廊下には誰の姿もなかった。

「少し早めに再生してくれ」

ウサーマが指示する。時間の表示が速くなった。

「ストップ」

ウサーマが言ったのは、画像に人の姿が映し出されたときだった。背中を向けているので顔はわからないが、男のようだ。黄色いシャツを着てデニムのハーフパンツを穿《は》いている。そして大きな銀色のスーツケースを提《さ》げていた。

「零時二十四分か」

ウサーマが呟いた。

「ここからはゆっくりにしてくれ」

言われたとおり、画像はスローで再生された。しかし男は振り返るようなこともなく画面から消えていった。

またしばらくは無人の状態が続く。しかし私は画面から眼を逸《そ》らすことができなかった。

次に変化が起きたのは、零時三十九分だった。先程と同じ男がまた現れたのだ。

今度はこちらに顔を向けていた。年齢は二十代後半くらい。眼が大きく浅黒い肌をしていた。痩せている。私は思わず声をあげかけた。

男はゆっくりとスーツケースを押しながら画面の外に消えた。

「戻して男の顔がわかるところで止めてくれ」

ウサーマの指示どおり、画面に男の顔がはっきりと映し出された。私たちと一緒に部屋にきた警官が機器にウェラを繋いだ。それから約一分。

「照合できました」

警官が言った。

「リーリ・ハッサンとイスマイル・ハッサンの双子の兄弟のどちらかです」

「双子？ それは厄介だな。で、ふたりの身許は？」

「リーリはスマイリー法律事務所に勤めている弁護士です。イスマイルはチャンダニー・マグにあるパーゴラ・カフェという店で働いています。ちなみにイスマイルには窃盗の前歴があります」

「片方は弁護士、片方は犯罪者か。魅力的な兄弟のようだな。すぐにも会いたいものだ」

ウサーマはふたりのハッサンの居場所確認を部下に指示した。それから私に言った。

「ハッサン兄弟と面識があるのですか」

「顔に出てたか」

「男の顔が映し出されたときの表情を見てましたから。それを隠そうとしているのにも気付きました」

勘の鋭い男だ。私は言った。

「イスマイルには会ったことがある。奴が働いているパーゴラ・カフェは〝伊達男《リティ》のリズハーン〟の持ち物だ」

「あのリズハーンですか。知り合いで?」

「仕事の上でね。特に利害関係はない」

「アダムスさんの失踪にリズハーンが関わっていると思いますか」

「何とも言えない。あいつは血なまぐさいことは好まない。でも状況によってはそういう決断をするだろう」

「アダムスさんが金をもたらしてくれるか、あるいは金を奪っていくときですね」

「そういうことになるな」

私はシーツにできた赤い染みを脳裏《のうり》に甦《よみがえ》らせた。

「映っているのがリーリにせよイスマイルにせよ、彼がアダムスさんを連れ出したのは間違いないようです。正確には『持ち出した』かな」

ウサーマの見解には賛成だった。行きは提げていたスーツケースを帰りは押して動かしている。つまり中に何か重いものを入れたということだ。

「意外にすんなり片付きそうですね、この事件」

その点は、彼に賛成できなかった。そんな予感があったのだ。

7 混迷

ホテルでの捜査が終わった後、ウサーマは私を連れて署に戻った。

それから夜明けまで、彼からの尋問が続けられた。彼の態度は終始紳士的だった。私も相応に対処した。

結果、朝には帰してもらえることになった。

「あなたとは、もっと話がしたいですね」

別れ際に、ウサーマは言った。

「できれば腹蔵《ふくぞう》なく、何もかも打ち明けてもらえると嬉しかった」

「可能な限り、そうしたつもりだがな」

私は言った。

「こちらも、警察が摑《つか》んでいることを全部知りたいが、話してもらえるとは思っていない。条件は同じだ」

「違いますよ。こちらには国家の後ろ楯《だて》がある。あなたは独立独歩だ。どちらが有利かは見解が分かれるでしょうが」

彼は組織の中にいる者の弱みも一匹狼の強みも知っているようだった。

「言うまでもないことですが、当分出国はしないでください。またお話を伺うこともあると思います。何かあったら連絡をしますので」

「わかった」

「今日はこのままお宅に帰られますか」

「ああ、バイクの盗難届を出してからな」

「盗まれたんですか。今乗っているのは？」

「あれは友人に借りたものだ。私のバイクは今頃細かく分解されて散らばっているだろうがね」

警察署を出たのは午前八時過ぎになった。

まずバイクでムハンマドの店へバイクを返しに行

った。

「散々な目に遭ったらしいな」

私の顔を見て、ムハンマドは言った。

「しかもバイクまで盗まれたんだろ。そいつは当分貸しといてやるよ」

「いいのか」

「最近あんまり使わないんでな。遠慮しなくていい。それより朝飯、食っていくか」

「ああ、コーヒーも頼む」

地元の住民たちに混じって朝食を取った。食欲はなかったが、食べはじめると最後まで平らげることができた。コーヒーも不味《まず》くは感じなかった。

食事を済ませ、アパートに戻った。

「お帰りなさいませマスター」

アイリスが出迎えてくれた。

「朝食はお済みですか」

「ああ、これから寝る。徹夜したんだ」

「了解しました。お休みなさいませ」

せめてシャワーでもという思いも過《よぎ》ったが、体が言うことを聞かなかった。そのままの格好でベッドに倒れ込む。意外なくらい、寝付きがよかった。

熟睡《じゅくすい》していた私を起こしたのは、アイリスが発するアラームだった。

「お休みのところ申しわけありません。来客です」

「……誰だ？」

「照会したところ、モルディブ警察のシャリーフ警部です」

シャリーフは私の顔を見るなり笑いだした。

「十二ラウンドをフルに殴りあったボクサーみたいな顔だな」

「寝起きで顔がむくんでいるんだ」

「それだけじゃあるまい。ワヒードの件でリズハーンにやられたのか」

「違う。ムスタファだ」

「最高《バラーバル》のムスタファ？　そりゃまたどうして？」

「私がリズハーン派なのかどうか確かめたかったら

しい」

「引く手あまただな。いつからマーレの悪党どものの注目を浴びるようになったんだ?」

「知らないよ。それより玄関前で突っ立ったまま無駄話を続けるつもりか。中に入るならトニックウォーターくらい奢るぞ」

「いつも思うんだが、あんなものを直接飲む奴の気が知れんよ。まあいい、中に入らせてもらう。やあアイリス、元気か」

「おはようございますシャリーフ警部、わたしは順調です。何か召し上がりますか」

「いや、いい」

シャリーフはリビングのソファに腰を下ろした。私は冷蔵庫からトニックウォーターのボトルを取り出し、一気飲みした。

「私のことはウサーマから?」

「ああ、俺とあんたの腐れ縁についちゃ警察内では有名らしい。署に着いたとたん、奴から声をかけられた。大方《おおかた》の話は聞かせてもらったよ。また面倒なことに巻き込まれたらしいな」

「そのようだ。わけがわからなくて混乱している。どうしてアレットは警察でなく私に助けを求めたのか」

「その女が警察沙汰《ざた》を起こしたことは知ってるか」

「旦那《だんな》へのDVだろ」

「それだ。受け付けたのは俺だったんだ。最初は旦那のほうから『殺される』と通報があった。慌《あわ》てて駆けつけたら、夫婦喧嘩の真っ最中だったたってわけだ。旦那は鼻血を出して泣いてたよ」

「でっかい図体をしてるわりに、軟弱な奴だな」

「知ってるのか、旦那を」

「一度会ったことがある。ゴシップばかり集めたブログで稼いでいる男だ。で、喧嘩の原因は?」

「知らんよ。おおかた甲斐性《かいしょう》のない旦那に女房がキレたんだろう。くだらん喧嘩に警察を巻き込むなって怒ったら、旦那のほうは恐縮していたが女房は冷たく笑っていやがった。ありゃ、きつい女だな。彼女とはハムドゥーン・ナシードという男の紹介で知り合ったそうだが、そいつが今回の依頼人か」

「そうだ。依頼内容については訊くなよ。喋らないからな」

「あんたに訊く必要はない。ハムドゥーンが警察でべらべら喋ってくれたからな」

「なんとね」

ハムドゥーンも警察に事情を訊かれるだろうことはわかっていた。しかしいささか拍子《ひょうし》抜けした。

「ハムドゥーンの女房が失踪して、彼はあんたを雇った。そして女房の友達だったアレット・アダムスを紹介した。そういうことだろ?」

「そのとおりだよ」

「で、女房殿の行方は摑めたのか」

「いいや、今のところ五里霧中《ごりむちゅう》だ。それどころか奇妙な連中が次から次へと顔を出してきて、事態はややこしくなっている」


ハムドゥーンの妻マイコが最後に職場の移民局で会っていたツガル・カネダという日本人。

マイコがカネダとの面談報告書に手書きで残していた「イルカはもういない」という言葉。

カネダが泊まっていたオーキッド・ロッジに彼の荷物を取りにきた男。

その男と目《もく》されるイスマイルとリーリの兄弟。

イスマイルを間に奇妙な綱引きをしているリズハーンとムスタファ。

そして血痕を残して消えたアレット。

「何だそれは。判じ物か」

話を聞いたシャリーフは、面白くなさそうに首を振った。

「話している私にも、整理がつかないんだ。ただ言えるのは、これは単純な失踪ではないということだよ。胡散《うさん》臭い役者が多すぎる。あんたは『枝を這うカタツムリたち』というテロリストのグループを知っているか」

「そっち方面は俺の管轄《かんかつ》じゃない。だが、それがどうした?」

「アレットの旦那、気弱なハンク・アダムスからの情報によると、ツガル・カネダもそのグループの一員らしい」

「ちょっと待ってくれ。それはどういうことだ?」

「もしかしたら相当の大事になるかもしれないってことだよ」

私が言うと、シャリーフは苦いものでも呑《の》み込んだような顔付きになった。

「その話、これまでに警察には言わなかったのか」

「ああ」

「なぜだ?　こんな一大事を——」

「話す機会がなかった」

「ウサーマには話せたはずだぞ」

「彼は信頼できなかった。話すなら、あんただだと思ってたんでね。どうする?」

「どうするもこうするもない。とにかくカネダって日本人を確保する」

シャリーフは立ち上がった。

「ユーキ、俺を信用して話してくれたことには感謝する。だがおまえもホリタの警備部にいた人間なら、テロリスト情報がこの国では最重要事項であることは心得ているはずだ。誰でもいいから警察に通報するべきだったな」

「だから今しただろ。市民としての義務は果たしたつもりだ」

私の言葉にシャリーフはまた苦い顔をして、そのまま出ていった。

やっとひとりになれたので、とりあえず風呂に入ることにした。

熱い湯に浸《ひた》りながら、これからするべきことを考えた。雲を摑むような状況だが、取っかかりがないわけではない。

風呂から出て着替えると、真っ先にハムドゥーンに連絡を入れた。

――もしもし。

その一言の口調で、相手が私からの連絡をあまり快く思っていないことが察せられた。だから単刀直入に言うことにした。

「今日、お会いできますか」

――いや……今日は忙しいんです。朝から警察に話を聞かれたりして時間を取られましてね。

言葉の端々《はしばし》に憤《いきどお》りが感じられた。

――正直なところ、とても迷惑でした。ユーキさん、あなたが私の名前を警察に伝えたのですね？

「そうです」

――なぜですか。秘密厳守は仕事の基本だと言っていたではないですか。

「時と場合によります。アレット・アダムスの失踪は深刻な出来事です。彼女の発見、あるいは救出のためには警察にできるかぎり協力する必要がある。昨日、彼女と最後に会っていたのは私とあなただった。警察はあなたからも話を聞くことになります」

――しかし……とにかく私は困惑しています。あなたに仕事を依頼したことも後悔しています。もうあの件はキャンセルするつもりです。

「あなたが依頼人なのだから、それは自由です。しかしその前に私と話す必要がありますよ」

――何を話せと？　私がどれだけあなたに失望したかということをですか。それなら――。

「違います。あなたとアレットさんのことです」

ハムドゥーンの言葉が途切れた。私は続けて言った。

「あなたはまだ、私の依頼人です。依頼人の利益を第一に考えるのが私のモットーです。たとえあなたが私を信頼していなくてもね。できるだけ早く、会って話をする必要があります。これは、あなたのためです」

少しの間、沈黙が続いた。やがて、ハムドゥーンは言った。

――今日の午後一時、昨日と同じトレーダーズ・

ホテルのロビーで。

「わかりました。では」

そう応じて通話を切った。

と、それを待っていたかのようにウェラから着信音が流れた。

ハンク・アダムスからだった。

――ああよかった。捕まった。今どこにいますか。

「自分の家だ。あんたは？」

――やっと警察から解放されたところです。会えませんか。

こちらも彼に会いたいと思っていたから、好都合だ。

「午後一時から予定が入っている。会えるのはその後だ」

――午後五時、ボドゥタクルファヌ・マグのエンジェル・テラス。いかがですか。

「わかった。それで、私に会いたい理由は？」

――それは、お会いしたときに話します。では。

向こうから通話を切られた。

時間を確認する。もうすぐ十二時だ。

「昼食はここで食べますか」

アイリスに訊かれた。

「いや、外へ行く。そのまま出かける」

「わかりました。今日もお忙しいのですか」

「ああ、やけに忙しくなってきた」

8　背信

ハムドゥーンは約束の時間に五分遅れてきた。

「警察というのは、無礼な人間ばかりがいるところですね」

私の前に腰を下ろすなり、不機嫌そうな表情で、そう言った。

「ああいう扱いをされたのは、生まれて初めてだ」

「応対したのはウサーマ・ディディという刑事でしたか」

「ええ、そんな名前でしたよ」

「だったら人当たりは悪くない人物ですがね」

「あれでですか。だったら警察には礼儀を知っている人間なんて、ひとりもいないんだな。まったくもって、情けない」

かなり立腹しているようだった。

「何を訊かれました？」

「意味のないことばかりですよ。どうしてあなたを雇ったのかとか、昨夜あなたたちと会ってから後は何をしていたのかとか。それにアレットについてのいくつかの質問も」

「同じことを私も訊きたいですね。私と別れた後、アレットとはいつ別れたんです？」

「どうしてあなたにそれを言わなければならないんですか」

ハムドゥーンは気色《けしき》ばんだ。

「あなたに依頼している件とは無縁のことです。そこまで首を突っ込んでくる謂《い》われはないはずだ」

「私もこの事件の当事者になったんですよ。知る権利はあります」

私は言葉を返した。

「この顔を見てください。あなたの奥さんの行方を捜していたら、こんな目に遭わされた。もうこれは単なる依頼じゃない。私自身の問題だ」

「それは……一体誰がやったんですか」

「マーレの裏社会の人間です」

「そんな連中がマイコと、どういう関係があるんですか？」

「わかりません。マイコさんを捜して藪《やぶ》を突ついているうちに、無関係な蛇を怒らせてしまったのかもしれない。でももしかしたら、蛇はマイコさんの行方に結びつくかもしれない。それは今後の調査次第でわかってくるでしょう」

「しかし、あなたに依頼するのはもう……」

「キャンセルするというのなら、お好きにどうぞ。私は仕事とは関係なく、自分が納得できるまで事件を追うだけです。だがその場合、あなたにも火の粉《こ》が降りかかってくるかもしれない」

「どうしてそんなことになると――」

言い募《つの》る彼の前に、私は封筒を置いた。

「アレットさんのスーツケースに入っていたのを見つけました。このことは警察も知りません」

ハムドゥーンは封筒の中の写真を取り出した。最初の一枚を見て顔色を変えた。

「これは、一体何なんだ……」

「隠し撮りされたものだと思います。背景からすると、場所はここ、トレーダーズ・ホテルの前ですね。いつのことですか」

彼は私の問いかけに返事をすることなく、写真を封筒に収めて自分の内ポケットにしまい込んだ。私は言った。

「写真は全部コピーを取ってあります」

ハムドゥーンは顔色を変えた。

「私を脅迫するつもりですか」

「いいえ。私は本当のことが知りたいだけです。この写真はいつ撮られたと思いますか」

「……たぶん、二週間前でしょう」

「アレットさんとは頻繁に会っていたのですか」

「そんなことはありません。あれはたまたま……」

「正直に答えてください。アレットさんとは親密な関係だったんですか」

「私は……このことは是非とも信じてもらいたいんですが、私は妻を裏切ったのではありません。その、彼女とは特別なことはなくて、いろいろと相談に乗っていただけで……」

　エリートとしての顔が崩れはじめていた。私は不本意ながら、彼に引導を渡すことにした。

「警察はアレットさんの今までの行動も調べるはずです。となれば、あなたと彼女がこれまでもトレーダーズ・ホテルを利用していたことなんて、すぐに知ることになるでしょう。宿泊記録も見れば――」

「一度だけです」

　ハムドゥーンは掠《かす》れた声で言った。

「彼女とは、一度だけなんです」

「あなたから誘ったんですか」

「まさか。あのときは彼女に相談があるからと言われて、ここで会いました。そして食事をして話をして……少しばかり酒を飲みすぎたんです」

「酒を飲むんですか」

「私はあまり敬虔《けいけん》なムスリムではありません。そうであるべきだったと、今は思っています」

　昨日、アレットが彼に対して親密さを隠そうともしなかった理由が、これでわかった。

「アレットはどんな相談を持ちかけてきたんですか」

「夫に対する不満でした。彼女の夫は、控え目に言っても性格破綻《はたん》者のレッテルを貼られるべき人間です。彼女は夫のせいでずっと苦しんでいました。ゴシップばかり追いかけて下品な記事をブログに載せ、たいして稼いでもいないのに彼女に対しては尊大に振る舞う。彼女はそのことが我慢できなかったんです」

「アレットの夫には会ったことがありますか」

「一度だけ挨拶したことがあります。何と言うか、品性《ひんせい》に欠けたところのある人物でしたよ」

ハムドゥーンは渋い顔になった。私は話題を変えた。

「アレットとあなたの奥さんの関係ですが、本当に職場の元同僚というだけだったのでしょうか」

「どういう意味ですか」

「気になるんです。昨日会ったとき、彼女はマイコさんのことをあまり気にかけているようには見えなかった。なのに心配する素振りだけは露骨なくらい見せていた。あれは演技だったのかもしれません」

「そんなことは……」

言いかけたハムドゥーンだが、思い直したように、

「……いや、言われてみれば、そんな気もします。以前マイコに『アレットさんとはそんなに仲が良かったのか』と訊いたら『じつのところ、同僚という関係でしかなかった。職場でもあまり話したりはしなかった。むしろ移民局を辞めてから彼女が積極的に接触してくるようになった』と言ってました」

そう言ってから、彼は時計を確認した。

「ああ、もうこんな時間だ。すみません、仕事に戻らないと」

「お時間を取らせて申しわけありませんでした。ところで、私への依頼はキャンセルされますか」

ハムドゥーンは少し考えるような素振りを見せてから、

「いや、続けていただきましょう。私は何よりもマイコの行方が知りたいのです」

「わかりました。では引き続き調査をします。何かわかったら、また連絡します」

「お願いします。あ、ただ、明日からしばらくは連絡が取れません」

「なぜですか」

「職業上の都合です」

彼の言いかたで、察することができた。

「エレベーターのメンテナンスに入るんですね」

ハムドゥーンは眼を見開いた。

「どうしてそれを……」

「私もホリタの人間だったことがあります。警備部です」

「……なるほど、それで最初に会ったとき、私がメンテナンス部の人間だと見抜けたのですね」

納得したように頷く。

「ならばおわかりでしょう。メンテナンス期間中は外部との接触を制限されることを」

あらゆる搬送機械と同様、軌道エレベーターは定期的にメンテナンスをしなければならない。ビークルを軌道から外し、入念にチェックする。軌道全体も定期的に瑕疵《きず》がないかどうか調べられる。その仕事を行うのがメンテナンス部の仕事で、ハムドゥーンが所属するスケジュール管理係が作業の指揮を執っていた。

メンテナンス期間は作業が広範囲に亘《わた》って行われる。警備部はそのすべてに対して眼を配らなければならないが、どうしても手薄になる。つまり、この時期はテロなどの攻撃に対して脆弱《ぜいじゃく》度が増すのだ。そのため、メンテナンスの期間や内容は最高機密として扱われ、関係者も外部との連絡は基本的に禁止される。

「今回のメンテナンスはビークル三機のみなので時間はそんなにかかりません。許可が出たら、すぐに連絡します。それまで調査を続けてください。では」

ハムドゥーンはそう言うと、去っていった。

ホテルを出て事務所に戻ろうとしていたとき、ウエラが鳴った。

移民局のアルシャッド・アリーからだった。

——ユーキさん、マイコのことで話したいことがあります。こちらに来られますか。

挨拶もなく、用件を切り出してきた。

「今からですか」

——無理でしょうか。

「いえ、伺います」

バイクをオフィス街へと向けた。

移民局の受付に用件を告げると、この前と同じ応接ブースに通された。

待っていると、程なくアルシャッドが姿を見せた。ネイビーのスーツはこの前のときと同様、体に馴染《なじ》んでいないように見えた。

「お呼び立てしてすみません。できるだけ早くあなたに伝えておいたほうがいいと思いまして」

そう言ってから、彼は少し躊躇するような表情を見せた。

「おわかりいただきたいのですが、これはある意味、私の権限を逸脱《いつだつ》した行為なのです。職務上知り得た事柄を部外者に漏洩《ろうえい》することは、固く禁じられています。その禁を破ろうとするのは、愚《おろ》かなことかもしれない。しかし私は、マイコのことが気がかりなのです。彼女がもしも困った状況に陥っているのだとしたら、なんとしてでも救い出したい。あ、だからといって、私が彼女に個人的な思い入れを抱いているとか、そのような誤解はしないでください。仕事上の上司と部下という関係以外、疚《やま》しいことは一切ないのです」

言葉を並べ立てながら、なかなか本題に入らない。しかし私は口を挟むことなく、待ちつづけた。

「このブースのマイクやカメラは切ってあります。ここであなたと話したことは誰にも知られたくないのです。これだけでも重大な職務違反なのですが、それだけ私が覚悟の上であなたとお会いしているということをご理解いただきたいのです」

「わかりました」

とだけ言った。アルシャッドは頷き、スティックを取り出した。

「この前お話ししたとき、マイコがツガル・カネダと面談したときの動画があると言いましたね。これが、それです」

広げた仮想タブレット空間を操作した。映像が映し出された。

ここと同じようなブースで男女が向かい合っている。女性の背後から映しているので、男性の顔しか見えない。三十代後半、涼やかな顔立ちをしている。オーキッド・ロッジで入手した画像に映っていた男に間違いない。着ている麻のスーツはオーキッド・ロッジのクローゼットで見つけたのとは別物のようだ。

——お名前は？

女性が英語で尋ねる。

——ツガル・カネダです。

男が答えた。

——出身は？

——日本です。

——日本のどちらですか。

——アイチ、ミハマです。

その後も単調なやりとりが続いた。女性——マイコの問いかけは落ち着いていて、淀みがなかった。対するカネダのほうも紳士的で、にこやかに応じている。問答自体にも特に変わったところはない。移民局の職員と移住希望者の間に交わされる、ごく普通の応答だ。

私はその映像を見つめつづけた。

申請書に書かれていたらしい経歴や移住の動機などについて、マイコは質問した。カネダは日本で水質管理の技術者をしており、モルディブでも同じような職に就きたいと答えていた。移住の動機については、ここなら日本より自分を必要としてくれるだろうと思ったからだ、と言った。

さらに単調な質問と返答が続いた後、面談は終了した。

——申請については、これから検討した後に回答いたします。

マイコはそう言った後に、

——ところで。

急に日本語で話した。

――日本では、これから桜の時期ですね。

――ああ、そうですね。

カネダも日本語で応じる。

――モルディブは素晴らしい国ですが、唯一日本が恋しくなるのは、この時期です。桜が見られないから。あなたも、そうなるのでは？

――私は、それほど桜に思い入れがありませんので。

――意外ですね。わたしはてっきり……そうですか。じつはわたしもアイチに住んでいたことがあります。ミハマ、いいところですね。

――ええ。

――イルカたち、今でも元気ですか。

――元気ですよ。

――それはよかった。

会話は、それだけだった。妙に気になるやりとりだ。

「私は日本語がわからないんですが、局内の人間に翻訳してもらいました」

動画を閉じながら、アルシャッドが言った。

「ここでイルカについての会話がなされていますね」

「ええ、話していますね」

「調べてみたところ、かつてミハマという地区に水族館があって、イルカのショーを見せていたそうです」

「かつて？」

「震災前ですよ。今はイルカはおろか、水族館もありません」

彼が言っていることの意味は、すぐにわかった。

「イルカはもういない」

マイコが報告書に手書きで書き添えていた言葉だ。アルシャッドは頷く。

「最後の会話で、マイコはカネダの言葉に嘘があることに気付いたのでしょう。そして申請自体に虚偽《きょぎ》があるのではないかと疑った。それで報告書を提出しなかったのです」

「彼女は、調べてみるつもりだったのかもしれない」

「私も、そう思います」

私は考えた。マイコがカネダの申請書に虚偽があるのではと疑って、もし自分で調べようとしたのなら、どんな行動を起こしただろうか。

答えは、すぐに出た。

「日本大使館か」

「我々がわからないことでも、大使館で調べれば突き止められるかもしれない。マイコがそう考えたとしても、おかしくはないでしょう」

「たしかマイコさんは、移民局に勤める前は日本大使館にいたそうですね？」

「そう聞いています。今でも彼女には大使館とのパイプがあるのかもしれない」

「彼女から大使館時代のことで何か聞いていませんか。親しい上司とか同僚とかがいたというような」

「残念ながら、ありません。ただ、問題を起こして大使館を辞めたのではない、今でも良好な関係だと言っていました」

「そうですか。では大使館に当たってみましょう。私にも、細いながらパイプはあるので」

「そうしてもらえると、ありがたいです。あ、でも――」

「わかっています。個人的な思い入れはないんですね」

私は頷いてみせた。ここは彼の言葉を額面どおりに受け取っておくのが礼儀だ。

移民局を出たのは午後四時をまわった頃だった。時間に余裕はなかったが、大使館にまわってみることにした。

以前はモルディブに大使館はなく、スリランカ大使館がこの地域も管轄《かんかつ》していた。しかしホリタの進出で日本とモルディブとの関係が深くなったこともあり、十年ほど前に日本大使館がモルディブ外務省の建物に隣接する新しいビルの中に設立された。

単独の建物でないせいもあって、大使館というよりは日系企業のオフィスのような雰囲気だった。受付の仮想ディスプレイに自分のコードと面会相手の名前を告げると、半世紀前に流行ったようなデザインの少女キャラクターが笑顔で、お約束はございますか、と尋ねてきた。約束はないと言うと、それではしばらくお待ちください、と頭を下げた。そのままの姿勢で動かないこと四十秒ほど。少女は先程と同じ笑顔で、大使は十分だけなら会う時間をくれると言った。今のところは、それで充分だ。

執務室に通された。日本とモルディブの旗が掲《かか》げられた、瀟洒《しょうしゃ》な部屋だった。山崎《やまさき》大使は自分の椅子に座り、液晶ディスプレイタイプのタブレットで何かを読んでいた。私が入ると、大使は名残《なごり》惜しそうにタブレットを置いた。

「やあ結城君、元気かね」

六十歳になったばかりだから老人と言うのは憚《はばか》られるが、見事なまでの総白髪のせいか山崎大使は実際年齢より老《ふ》けて見えた。しかしその動作はきびきびとしていて、第一線で働くビジネスマンのようだった。

「元気です、大使」

私たちは握手を交わした。ふと眼をやると、デスクに置かれたタブレットには一歳くらいの子供の画像が表示されていた。

「お孫さんですか」

「そうだ。去年生まれたんだ。まだ一度しか実際に会っていないが、可愛いものだよ。モルディブはいい国だが、家族と離ればなれになって暮らすのは辛いな。君には家族は？」

「ありません。今は天涯孤独です」

「そうか。こういうことを言うのは失礼かもしれないが、できれば家族は作ったほうがいい。心の拠《よ》り所になる。結婚も未経験かね？」

「一度だけありますが、自分は結婚生活に向いていないと思い知りました」

「そんなことはないだろう。君なら良き夫、良き父親になれるはずだ。できれば日本人同士が好ましいが、モルディブの女性でもいい、結婚し家庭を作り子供を育てることを勧《すす》めるよ」

大使は好人物だったが、この年代の日本人に多い懐古《かいこ》主義的な信条には同意できなかった。

「機会があれば、考えます。ところで」

そう言って話題を変えた。

「片桐麻衣子という日本人のことを調べています。以前、日本大使館に勤めていたことがあるそうです」

「片桐……記憶にないな。その女性がどうかしたのかね？」

「現在、行方不明です。私はモルディブ人の夫から、彼女の行方を捜すよう依頼されています。片桐麻衣子は最近——正確には三月八日ですが——ツガル・カネダという日本人のことを調べるために大使館の誰かと接触した可能性があります。そのような事実があったかどうか確認するため、彼女と親しかった人間を教えていただきたいのですが」

「それは、微妙な話だな。君には極力便宜を図りたいとは思っている。なにしろ命の恩人なのだからね。だが、それはそれとして、君にそういうことを教えていいかどうか、迷うよ」

「イレギュラーであることは承知しています。ただ、事は緊急を要しています。彼女の身に危険が及んでいるかもしれません」

「そう考える根拠は？」

「彼女の失踪について調べていくうちに、いくつかの不穏な事件が明るみになってきました。それが彼女自身の事件と関連があるのかどうかはわかりません。しかし危機的な状況であることは間違いないようです。一刻も早く、片桐麻衣子を捜し出したいのです」

大使は考え込むように額を掻いた。

「……結城君、これは理解してもらいたいのだが、今、我が国とモルディブは友好的な関係にある。しかし火種《ひだね》がないわけでもない。我が国の企業はモルディブ国内で事業展開をするに当たって、モルディブ国民に対する敬意を忘れないように行動しているが、それでも若干の軋轢《あつれき》は生じている。一部の人間を優遇しすぎているという理由で、反感を持つモルディブ国民がいないでもないんだ。事は一企業の問題に留まらない。軌道エレベーター事業は我が国の生命線のひとつとなっている。二十一世紀に入って三度の大震災を経験した我が国が真の復興を遂《と》げるためには、ここでの安定した事業が不可欠なんだ。わかってくれるね？」

「わかります」

「だから……つまり、余計な刺激は避けたいのだよ。両国の関係に齟齬《そご》を生じさせるようなことは、あってはならない。そのためには――」

「片桐麻衣子のことは触れてはいけない、ですか」

私は言った。

「大使、あなたは本当は片桐麻衣子という人物を知っていらっしゃる。そして彼女の存在が日本とモルディブ両国にとってデリケートなものだと認識していらっしゃる。そうですね」

「それは……」

大使は言葉を失っていた。私は続けた。

「最初に片桐麻衣子の経歴を知ったときから疑問に思っていたんです。彼女は日本大使館に勤めていて、それからモルディブ移民局に転職した。不思議なルートですよね。大使館の職員が他国の政府組織で働くなんて、普通では考えられない。何らかの仕掛けがあるはずです。彼女を移民局に送り込むのに、特別な力が作用した、と考えるのが自然でしょう」

大使の顔色が変わっていた。やはり好人物だ。駆け引きは苦手らしい。

「そこで重要なのは、移民局という部署です。ここではモルディブに移民しようとする人間の情報が集まってくる。それは日本の企業——あからさまにいえばホリタのセキュリティ体制にとっても重要な情報です。私の直感を明かしましょう。片桐麻衣子は大使館経由でモルディブ政府に送り込まれたスパイですね?」

大使はすぐには答えなかった。その反応の遅さが、私の考えの正しさを証明していた。

「彼女の失踪は、すでに大使館にも伝えられているのではないですか。独自に調査をしているのですか」

「……結城君、私は君を全面的に信頼している。だからこのことは君だけの胸に収めておいてほしい」

「わかっています」

「君の直感は、概《おおむ》ね正しい。片桐麻衣子君は特殊な事情で移民局に入った。彼女は君が言うような任務を課せられていた。そのことはモルディブ政府にも知られていないことだ。だからこれが公《おおやけ》になると、両国間に亀裂が生じかねない」

「でしょうね」

「三月八日の午後六時三十分、片桐君から連絡が入った。移民申請をした日本人の経歴に怪しいところがあるので調査をしてほしいとね。そのときにツガル・カネダという名前と、申請書に書かれていた内容も合わせて送られてきた。片桐君自身もこれから大使館を訪れて情報を確認すると言っていた。連絡を受けた職員はカネダなる人物の情報を照会しつつ、彼女の到着を待った。だが、片桐君はやってこなかった」

「それきり、連絡はなしですか」

「ないそうだ。こちらで密《ひそ》かに調べたところ、彼女が行方不明になっているとわかった。関係各方面に確認を取ったが、どこにも彼女の行く先を示すような情報はなかった」

「それで?」

「それだけだ。わかってほしいんだが、この件で我々は表立って動くことはできないんだ。片桐君の立場が微妙なのでね。だから警察と連絡を取ることも、ましてやモルディブ政府と連携《れんけい》することなどもできなかった」

「それで、手をこまねいていた」

「もちろん片桐君の安否は私も気になっていた。しかし、どうすることもできなかったんだ」

今度は私が沈黙する番だった。口を開けば不穏当な言葉が噴《ふ》き出しそうだったからだ。

「この件で、モルディブ警察は動いているのかね？」

「今までは、ただの失踪人として積極的な捜索はしていませんでした。でも彼女の友人も失踪したので、警察も重い腰を上げるかもしれません」

「彼女の友人？」

「移民局に勤めていたアレット・アダムスという女性です。その名前を片桐麻衣子から聞いていませんか」

「いや……正直に言うが、私自身は片桐君と直接情報をやりとりしていたわけではないんだよ。君は片桐君の夫からの依頼で調査をしていると言っていたね。だったら君が手に入れた情報を、こちらに教えてくれないだろうか」

「依頼人への守秘義務を破れと？」

「そうじゃない。我々——いや、私も君の依頼人になろうというのだよ。私も片桐君の行方を君に捜してもらう。それでどうかな？」

「同じ件で複数の依頼人を得るのも職業倫理に外れています。私の依頼人はハムドゥーン・ナシードひとりだけです」

そう言ってから、

「ただ依頼人の不利益にならない程度に知り得た情報を提供することは可能です。その見返りとして、こちらも大使館から情報を得ることができるのなら」

「君は、なかなかの交渉上手だな」

大使は苦笑を浮かべた。

「いいだろう。何を知りたい？」

「片桐麻衣子が接触していた大使館職員というのは？」

「それは私の秘書官だ。彼が片桐君の受け持ちだった」

「では、その秘書官に会わせてください」

私が言うと、大使は素直に内線電話に手を伸ばした。

「私だ。悪いが執務室に来てくれないか」

程なく、ひとりの日本人男性が部屋に入ってきた。四十歳前後、細面《ほそおもて》で姿勢がいい。今どき珍しく髪を七三に分け、整髪料で固めていた。着ているのはオーダーメイドとわかる黒い麻のスーツだった。

「秘書官の島沢《しまさわ》君だ。こちら結城世路君。私の友人だ」

島沢と呼ばれた男は私を見つめた。左眼が少しだけ不自然に光って見えた。

「はじめまして。島沢です」

男は手を差し出した。私はその手を握り返しながら、言った。

「検索は終わりましたか」

「ええ」

無表情に応じた。思ったとおり、彼の左眼はウェラらしい。

「あなたは二〇八〇年のテロ事件で軌道エレベーターに搭乗していた大使の命を救われたのですね。勇敢な活躍です」

「そのせいで会社を追われましたがね」

「緊急の場合では上層部の指示より現場の人間の判断が優先されるのは致し方ないことです。後にあなたが職務規程違反に問われたのも、また致し方ないことだと思いますが」

「優等生的なコメントだ。バランス感覚に長《た》けた方ですね」

「常々そうでありたいと心がけています」

「結城君は片桐麻衣子君のことについて調べている」

大使が言った。

「彼女の夫君《ふくん》に依頼されて行方を捜しているそうだ。彼の行動は我々の利害とも一致する。協力したいと思う」

「大使がそう判断されるのであれば、従います。私は何をすればよろしいのでしょうか」

「三月八日、彼女からツガル・カネダという人物について照会があったな」

「はい、ありました。同時に片桐麻衣子は大使館に来ると連絡があったのですが、結局姿を見せませんでした。以後、連絡は途絶えています」

「カネダのことは、何かわかりましたか」

私が尋ねると、

「はい。本名金田津軽《かねだつがる》。二〇四七年青森《あおもり》県出身の三十八歳。東北大学医学部卒業後、外科医として同県内の病院に勤務。二〇八〇年、退職。以後の情報はありませんでした」

「政治的な活動はしていなかったですか」

「そのような情報もありません。政党、政治結社その他との接触も確認されていませんでした。ただ、昨年モルディブに渡航していました。そして月まで行っています」

「エレベーターに乗ってるんですね？」

「ええ。搭乗者名簿にも記載がありました。月ではマラペール月面基地に二日滞在しています」

「マラペール？　あそこは観光客が行くようなところではないと思いますが」

マラペール月面基地というとジュール・ベルヌ駅から少し離れたところにある施設だ。

「希望があれば見学はできます。あそこは月資源採掘の最前線ですから。ほとんどの月旅行者はディズニームーンに行きますがね。地球帰還後、カネダは一週間モルディブに滞在し、観光地を巡っています」

「物見遊山《ゆさん》か。それにしても……」

「何か？」

「いや、何でもありません。カネダがモルディブを訪れたのは、それ一回かぎりですか」

「それだけです。海外への渡航もそれ以降、今回を除いて一度もありません」

「今回のモルディブ来訪の目的は？」

「観光です。滞在は三月五日から十日間となっていました」

「観光？　しかし彼はモルディブにやってきた三月五日には移民申請を出しているんですよ」

「それはおかしいですね。移民が目的ならそのように申請してもらわないと困るのですが。ただ、彼が嘘をついた理由を推測できないこともありません」

「というと？」

「正直に移民したいと告げたら、当然のことながら入国管理局やら我々日本大使館やらの手続きが必要になる。その手間を省きたかったのかもしれません」

「観光目的で入国しておいて、後から移民申請をしたほうが楽ということですか。しかしどっちみち移民申請すれば身許照会などがあるのでは？」

「そのとおりです。順番が逆になるだけで、結局はそんなに手間は変わりません。それに観光ビザで入国していることがわかれば、移民申請も許可されない可能性が高い」

「ではどうして……いや、そもそもカネダはどうして移民申請なんかしたのか。本気でモルディブに移住するつもりだったのか」

「本気でないとしたら、なぜだね？」

大使が訊いた。

「そのことについては、ひとつ気になることがあります」

私は言った。

「移民局での面談の際、片桐麻衣子はカネダとの面談で日本の桜のことを話題にしました。それまで英語での会話だったのが、そこだけ日本語でした。公式の面談ではなく私的な会話だったと思われます。話しかけたのは彼女の方からでした。しかもその口調に親しみのようなものが感じられました。もうひとつ、彼女がカネダに『モルディブに移ったら桜が恋しくなるのではないか』と尋ね、それに対してカネダは『それほど桜には思い入れがない』と答えました。その後、片桐麻衣子は『意外ですね。わたしはてっきり』と言ったんです」

「それが、どういうことなのかね？」

「片桐麻衣子はカネダという人物に対してあらかじめ知識を持っていた。もっと突っ込んで言えば面識があったのではないでしょうか」

「顔馴染だったというのか」

「直接会ったことはなかったかもしれませんが、前もって何らかのやりとりがあったのかもしれません。だとすると、注意を向けなければならないのは彼女の夫、ハムドゥーン・ナシードです。彼はホリタ内でエレベーターに関する重要な情報を握る立場にいます」

「片桐君の夫君はエレベーター課のスケジュール管理係に勤めています」

　島沢が言った。

「今ひとつ、君の言いたいことが理解できないのだがね」

　大使は困惑したような顔付きで、

「どうして片桐君の夫が関係してくるのかね？」

「カネダの目的は片桐麻衣子ではなく、ハムドゥーン・ナシードに接近すること、あるいは妻から夫の情報を仕入れることだったのかもしれません。じつはカネダがエコテロリストの一味であるという情報を得ています。私は、彼の今回のモルディブ来訪はテロ活動が目的だったのではないかと推測しています」

「それは穏やかならざる話だね。しかし彼がテロリストなら、大使館にも情報が入るはずだが」

「今まで具体的な活動をしてこなかったビギナーなのかもしれません。あるいはうまく活動や思想を隠し通してきたのかも」

「もしくは、テロリストだという情報が間違いなのかも」

島沢が言った。

「もちろん、その可能性も充分にあります。私にその情報をもたらした人物は多分に胡散臭いところがありますから。どちらにせよ、今は確証を得られる状態ではありません。カネダと片桐麻衣子の行方を突き止めて事情を訊かないかぎりは」

「結局は、それに尽きるわけだな。勝算はあるかね？」

大使の問いかけに、私は首を振ってみせた。

「何とも言えません。今は五里霧中なので。ただ、取っかかりはいくつかあります」

「たとえば？」

「これから会う人物から得られる情報とか。他にもいくつか、気になることがあります。それを確認していけば、あるいは真相に辿り着けるかもしれない」

「探偵らしい言い回しですね」

島沢の口調には皮肉めいたものが感じられた。私は言った。

「探偵ではありません。私は便利屋です」

9 追跡

エンジェル・テラスに到着したのは午後五時を十分ほど過ぎた頃だった。

観光客も利用するオープンテラスのカフェだ。ラフな格好をした西洋人たちがテーブルについて色鮮やかな飲み物を楽しんでいる。しかしその中にハンク・アダムスの姿はなかった。

ウェラに彼の顔写真を表示させ、店員に尋ねた。

「この方なら、十分ほど前に出ていかれましたよ」

店員はディベヒ訛りのある英語で答えた。

「五時ちょうどか」

「ええ、その時間に」

そこまで時間に厳しい人間とも思えなかったが。

「お連れの方がいらっしゃいました。男性ふたりと女性がひとり」

「どんな？」

「どんなと言われましても……痩せた男性と大柄な男性、それから美人の女性。みんなモルディブの人間のようでしたが。近くに停めてあった車に乗って、どこかに行きましたよ」

「どんな車？」

「ありふれた青いマツダでしたよ」

「ナンバーを覚えているか」

「えっと、たしか……」

店員は数字を口にした。それは私が記憶しているナンバーと同じものだった。

「ムスタファ……」

「え？」

「何でもない。それで車は、もしかして南へ？」

「そうです。南へ向かいました」

予想が当たっているかもしれない。私は店員にチップを渡すと、バイクに乗り込んだ。

知っているかぎりの近道を利用して南へ走った。彼らが何の目的でハンクを拉致したかわからないが、決定的なことが起きる前に捕まえなければならない。

昨日来たばかりだから、場所は覚えていた。少し離れた場所にバイクを停め、そこから小走りに目標の場所へ近付いた。

まだ夕刻だが、やはり人気《ひとけ》はない。倉庫の前に青いマツダが停められているのを見て、自分の推測が正しかったことを知った。その横には、これも昨日と同じくベンツが停まっている。運転席には、やはり男がひとり乗っていた。そいつに気付かれないよう回り込み、倉庫の裏口に向かった。

窓越しに中を覗き込む。昨日と同じ光景がそこにあった。ただ大男に蹴り飛ばされているのは私ではなく、極彩色のアロハを着た大柄な西洋人だった。

小さなドアがあった。試しにノブを回してみると簡単に開いた。さらに幸運なことに、入ってすぐのところにパレットが積み上げられていて、身を隠すことができた。

誰も私の侵入に気付いていない。私は彼らとの距離を目算した。標的は四人。大男がハンクを痛めつけ、それを少し離れた場所で痩せた男とマリヤムが見ている。アフロヘアのムスタファは、彼らよりさらに離れたところに立っていた。

頭の中で自分の動きをシミュレートする。問題はない。すぐに実行に移した。

予想どおり、私が接近するまでムスタファは気付かなかった。無駄なことはせず、彼のこめかみを一撃して昏倒《こんとう》させた。

痩せた男が振り返った。私の姿を認めて驚いている。内ポケットに入れているピストルに手を伸ばす余裕も与えず、顎へ一発。

次は大男だ。彼には私の攻撃に構えるだけの時間の余裕があった。しかしそれも計算済みのことだった。最初の攻撃が棍棒のような腕に防御されるのも予測していた。すぐさま足払いをかけて相手を倒し、鳩尾《みぞおち》に拳を叩き込む。

立ち上がり、マリヤムを見た。

「動かないで」

彼女は言った。ひとつだけ、予想が外れた。彼女は武器を持っていないと踏んでいたのだ。だがその手には小さな拳銃があった。二十二口径、多分コルトベストポケットの復刻版だ。

「君に危害を加えるつもりはない」

私は言った。

「銃を下ろしてくれ」

「何しに来たの？」

「友人を助けに」

「この男が友人？」

「その候補だ。そうならない可能性のほうが高いだろうが」

マリヤムは銃を下ろした。私がその銃を手から取り上げても、抵抗はしなかった。

床に倒れている痩せた男の内ポケットからも拳銃を抜き取った。四十五口径の二〇八〇年製タッカード。体に似合わず最新型のごつい銃が趣味らしい。

大男は銃を持っていなかったが、ムスタファは黄金色に輝く特注品のブローニングを収めたホルスターを吊り下げていた。それを取り上げてから彼の脇腹を軽く蹴りあげた。

咳き込みながらムスタファが眼を開けた。何が起きたのかわからない様子で周囲を見ている。そして私を見つけ、奇妙な声をあげた。

「どうしてあんたがここにいる？」

「私が会う約束をしていた男を、あんたが引っさらっていった。だから取り戻しに来たんだ」

「……その蛆虫《うじむし》のことか」

蛆虫と呼ばれた男は、やっと上半身を起こしたところだった。ただでさえ丸い顔が、あちこち殴られてさらに腫れていた。鼻血も出ている。

「……ユーキ、助けに来てくれたのか。ありがたい

「……」

「いろいろと聞きたい話があるんでね。だが、ちょっと待っててくれ。他にも話を聞きたい相手がいる」

私はムスタファの前に屈《かが》み込んだ。

「どうしてハンクを誘拐した？」

「誘拐？　違うよ。話をしたかっただけだ。昨日のあんたと同じようにな」

「どんな話を？」

「あんたに言う筋合いはない」

「じゃあ、選択肢《し》を三つやる。私の手に三丁の銃がある。どの銃で耳を吹っ飛ばされたい？」

「あんたは、そんなことができる人間じゃない」

笑顔を作ろうとしていたが、口許が強張《こわば》ってうまくいかないようだった。

「私の前職のことは知っているはずだ。人を効果的に痛めつける技術は身に着けている」

「やめてくれ。歯向かうつもりはない」

「じゃあ答えてくれ。なぜハンクをここに連れてきた？」

「あの太っちょが余計なことを嗅《か》ぎまわっていたからだ。言い聞かせてやれば大人しくなると思ってな」

「余計なこと？」

「イスマイル……ハッサンのことだ」

答えたのはハンクだった。

「こいつらは僕がイスマイルの近辺を探《さぐ》るのをやめさせるために、こんな酷いことをしたんだ。すごく痛いよ。鼻が折れているかもしれない」

「後で病院に連れていく。で、最高《バラーバル》のムスタファ、どうしてそんなにイスマイルのことを気にする？私が彼に会ったときにも似たようなことをしてくれたよな。イスマイルに何があるんだ？」

「前にも言っただろ。知らなくていいことと、知ってはいけないことがあると」

「聞いたよ。だが、こうなったら知らないわけにはいかない。話せよ。今ならまだ、この前の借りを返そうとは思わない。これ以上痛めつけることもなく紳士的に別れることができる」

私は誠意を尽くして説得した。後はムスタファの態度次第だ。

「……わかった。話す」

彼も理解してくれたようだった。

「俺は、手広く事業を行っている。当然のことながら法律上いろいろと問題も起きるし、それに対処しなきゃならない。だから顧問弁護士を雇っている。こいつがなかなか有能でね。今では俺の右腕と言ってもいいくらいだ。名前はリーリ・ハッサンという」

「イスマイルの双子の兄貴か」

「知ってるのか。リーリに会ったことがあるのか」

「いや、会いたいとは思ってたんだがな。それで?」

「リーリにとってイスマイルは可愛い弟だ。だが同時に厄介なお荷物でもある。同じように大学を出ていながら、イスマイルはケチな盗みで人生を棒に振った。以来何かにつけて兄貴に迷惑をかけている。リーリとしては身近に置きたい反面、遠ざけてもおきたいという存在なんだ。俺もリーリの気持ちはわかっていたから、イスマイルを自分の店で働かせることにした。定職を持たせておけば大人しくしていると思ったんだ。だが、思わぬ誤算があった。あんたも知ってる例のトラブルのせいでイスマイルを働かせていたパーゴラ・カフェが伊達《リティ》のリズハーンの手に渡った。そのときにイスマイルまでリズハーンに付いちまったんだ」

「あんたが店ごと売り渡したんじゃないのか」

「違う。イスマイル自身が店から離れなかった。別にパーゴラ・カフェが好きだったからじゃない。あいつは俺たちの支配下から抜け出そうとしたんだ」

「なぜ?」

「イスマイルは屑《くず》のくせに独立心だけは旺盛《おうせい》だっ

た。兄貴のお情けで生きたくはなかったみたいだ。それならいっそ、兄貴と敵対する勢力に付こうとしたんだろうな。つくづく迷惑な奴だよ。それなのにリーリときたら、弟のことになると見境がなくなる。下手をしたらあいつのほうが弟に付いてリズハーンの懐《ふところ》に飛び込みかねない勢いだった。俺は必死で引き留めてきたがね」

「なるほど。顧問弁護士で懐刀《がたな》となれば、あんたの弱みは山ほど握っているだろう。そんな奴が敵方に付いたら身の破滅ってことか」

「俺とリーリの友情にかけて、そういうことにはならんよ。ただ、イスマイルが俺の喉に引っかかった魚の小骨みたいな存在なのは、否定しようもない。だからあいつの動向はずっと気にしていたんだ」

「それで私がイスマイルに近付いたのを察知して、先手を打とうとしたわけだ」

「寝た子を起こしてもらいたくなかったんでね。あんたには悪いことをしたと思っているよ」

「その点についてはお互いさまということにしておこう。言っておくが私やハンクがイスマイルを追いかけているのは、別にあんたに不利益なことをしようとしてるからじゃない。知りたいことがあるからだ。ツガル・カネダという日本人のことを知らないか」

「ツガル……聞いたことがないな」

「アレット・アダムスというフランス系の女性については？」

「それも初耳の名前だ」

「もうひとつ、枝を這うカタツムリたち」

「何だそれ？」

「そういう名前のエコテロリスト集団だよ」

「最近のテロリストは洒落た名前を付けるんだな。聞いたことはないよ」

「そうか。知らないならいい。あんたは用済みだ」

「その言いかたはよしてくれ。不吉《ふきつ》だ」

「今までそう言って何人も消してきたか」

「信じてもらえないかもしれないが、俺は人殺しは嫌いだ。極力避けたいと思っている」

「私も同意見だ。殺人は避けるに越したことはない。最後の質問だ。リーリ・ハッサンに会うにはどうしたら――」

言いかけたとき、倉庫の外で音がした。車が発進する音だ。

「あいつ……逃げやがったな」

ムスタファが吐き捨てるように言った。

「誰だ？　車の運転手か」

「そうだ。俺たちを置いて逃げちまった。信頼してたのに」

「給料が安かったんじゃないか」

「そんなことはない。あいつには相応のものを払った。顧問弁護料も含めれば過分なくらいだな」

「顧問弁護料？　じゃあ車を運転していたのは……」

「そうだ、リーリだ」

ムスタファの表情が歪んだ。笑ったのかもしれない。

「あいつ、俺たちの会話を聞いていたのかもな」

「つまり、俺と顔を合わせたくないってことか」

「嫌われたな」

「嫌われても話はしたい。奴はどこに行ったと思う？」

「自分の家か事務所か。いや、本気で逃げる気ならそんなところには行かないな。だとしたらわからんよ」

「とりあえず奴の家を教えてくれ」

住所を聞き取ると、私は立ち上がった。

「じゃあ、帰らせてもらう。ハンク、歩けるか」

「わからない。足も折れてるかも」

「だったら引きずってでもついてこい。でないと置いていく」

そう言うとハンクは飛び跳《は》ねるように立ち上がり、私に駆け寄ってきた。

「置いていかないでくれ。頼むよ」

返事もせず、倉庫の出口に向かった。

「おい、待ってくれ」

ムスタファが呼び止める。

「そのブローニング、置いてってくれないか。無理を言って作らせたんだ。そいつを抱いてないと夜、眠れないんだよ」

私はブローニングの弾倉から弾丸を抜き取ると、拳銃をムスタファに投げた。ついでにコルトも弾丸を抜き、マリヤムに差し出した。

「ありがとう。これ、気に入ってるの」

「どういたしまして。タッカードは預かっておく。いいだろ?」

問いかけたが、痩せた男はまだ目覚めていなかった。

倉庫を出ると、陽が落ちていた。私はバイクに跨がった。

「僕はどうしたらいいんだ?」

ハンクが情けない声で言った。

「タンデムすればいい」

「だって狭いよ」

「窮屈なのは我慢してやるよ」

ハンクは私の後ろに跨がってきた。バイクを発進させると、とたんに悲鳴をあげる。

「落ちるっ! 落ちるっ!」

「落ちたくなかったら、しっかり掴まってろ。ところでハンク、訊きたいことがある」

「……うっ!」

「聞こえてるか」

「あ、ああ、聞こえてる。何だ?」

「ツガル・カネダが『枝を這うカタツムリたち』のメンバーだって情報、どこから手に入れた?」

「それは……言えないな。情報源については口外しないのがジャーナリストの義務だよ」

「カネダのことは大使館も移民局も情報を掴んでいなかった。彼がテロリストだと言っているのはあんたひとりだ。信用できないな」

「嘘じゃない。僕の情報は確かなんだ」

「じゃあ情報源を教えてくれ」

「それは……だから……」

「命の恩人の依頼でも言えないのか」

「……わかった。言うよ。カネダのことは、アレットから知った」

「あんたの女房から？　どうして彼女が？」

「正確には彼女のウェラだ。カネダの情報が保管されてた。『枝を這うカタツムリたち』のメンバーだって」

「どうしてアレットがそんなことを知ってるんだ？」

「わからない。でも詳しいことを訊こうとすれば、僕がウェラの中を盗み見たことがバレちまう。だから訊けなかった。それでカタツムリたちのこととかを自分で調べはじめたんだ」

「なぜ女房のウェラを盗み見たりしたんだ？」

「なぜって、そういうものじゃないか。妻は夫の、夫は妻のウェラの中身が気になるものだろ。独《ひと》り者のあんたには経験ないかもしれないけどさ」

「結婚の経験なら一度ある。女房だった女のウェラを覗き見たことはなかったがな。そんなことより、どうやって中身を見た？　パスコードは？」

「解除できるツールがあるのさ。教えてあげようか」

「必要なときがきたらな。それにしても、どうしてアレットが……他に何か入ってたか」

「どんな奴らと連絡取り合ってるのか見てみたら、びっくりする名前があったよ」

「ハムドゥーン・ナシードか」

「どうして知ってるんだ⁉」

「ハムドゥーン本人から聞いた」

「そうか……女房の奴、やっぱりハムドゥーンと浮気してたんだ。くそっ！」

背後でハンクが体を揺らした。

「暴れるな。他には誰か不審な人物とやりとりしてなかったか」

「僕の知らないSNSに入ってるみたいなんだけど、パスコードが掛かってて中でどんなことを話してるかはわからなかった」

「自慢のツールは？」

「ウェラ本体のパスコード破りにしか役立たないんだ。別のツールで試してみようとしたんだけど、女房はもうウェラを手放さなくなっちゃって機会がないままなんだ」

「多分あんたが覗き見たのに勘づいたんだろうな……いや、もう用が済んだから渡さないようにしたのか」

「どういう意味だ？」

「私の印象ではアレットは用心深い女性だ。なのにあんたの手が届くところにウェラを忘れていったなんて、そんなのは信じられない。あんたの言うとおり旦那は女房のウェラを見たがるものだというのなら、もっと用心するはずだ。つまり彼女は、あんたがウェラのパスコードくらいなら破れると見越した上で、眼につくところにわざと忘れた」

「言ってる意味が、よくわからない。僕にわざとウェラの中身を見させたって？　どうして？」

「カネダの情報を教えるためだ。あんたならその情報を喜んで横取りして、調べはじめるだろう。そう予測したんだよ」

「アレットが？　どうしてそんなことをしたんだよ？」

「そこまではわからないが、彼女も何かを隠しているようだな。アレットが月に一度ガユームホテルに宿泊していたことは知ってるか」

「いや、知らなかった。でも、毎月どこかに出かけてるのはわかってた」

「どこかというのは？」

「わからない」

「どれくらいの期間？」

「三日か、四日。ときに一週間くらい」

「そんなに家を空けてるのに、どこに行っているのか訊かなかったのか」

「訊いても教えてくれないだろうからね。わかってほしいんだけど、僕ら夫婦はそういう関係だったんだ。その、なんて言うか、お互いあまり干渉しないようにしてたんだよ」

「ご立派なことだな」

「ガユームホテルに泊まってたのか。そこでハムドゥーンと会ってたのか」

「そうではないようだ。たぶんホテルを起点にしてどこかに行っていたんだろう」

そのとき、私のウェラが鳴った。

バイクを停めて確認すると、モルディブ警察のウサーマ・ディディからだった。

「もしもし？」

——ミスタ・ユーキ？　面白い情報が手に入ったのでお教えしようと思いましてね。

「何でしょうか」

——アレット・アダムスさんが消えたホテルの部屋に行き来していたスーツケースの男、イスマイルだと断定できました。

「捕まえたのですか」

——いいえ、残念ながら逃げられました。ただ、彼の部屋から防犯カメラに映っていたスーツケースが見つかりました。中身は空っぽでしたが、内張りに血痕が見つかりました。

「アレットの？」

——DNAが一致しました。今、マーレ内に緊急配備をかけています。どこに逃げようとしても見つけ出しますよ。

「兄のリーリとは連絡付きましたか」

——彼の行方もわかりません。調べたんですがね、リーリも決して品行方正というわけではないようです。彼が勤めているスマイリー法律事務所は後ろ暗い連中とも取引があります。特にリーリは、とある好ましからざる人物と癒着《ゆちゃく》しているようでして。

「最高《バラーバル》のムスタファのことですね」

——これは驚いた。なぜご存じなので？

「ついさっきまでムスタファと懇談していたんです。リーリもその場にいたけど、私が接触しようとする前に逃げ出した。もしかしたら家か事務所に——」

——それなら今、警察《うち》の者が張ってます。しかし戻ってはいないようだ。兄弟揃って行方知れずというわけですか。

「この事件、失踪する者が多すぎる」

——そのようですね。ハッサン兄弟、アレット・アダムス、ツガル・カネダ、そしてマイコ。気を付けてください。あなたも失踪しないように。

「心がけておきますよ」

ウェラを切ると、再びバイクを走らせた。

「くそっ、そういうことか」

「どうしたんだ？」

ハンクが訊いてきた。

「リーリだ、リーリ。みんなあいつの仕業《しわざ》だ」

「何が？」

「アレットを拉致するときに使ったスーツケースがイスマイルの部屋から見つかった」

「じゃあ、イスマイルがアレットを——」

「だから違うんだ。ウサーマは切れる男だが、所詮《しょせん》は小さな警察の人間だ。こういうところにまで頭が回らない。モルディブ警察を騙すなら、この程度の仕掛けで充分ってことだ」

「言ってる意味が——」

「血痕の付いたスーツケースなんて致命的な物証を自分の部屋に置いて逃げるものか。イスマイルのやったことだと思わせるための偽物の手がかりなんだ。となれば、やったのはリーリ。カネダの部屋から荷物を引き取ろうとしたのも彼だ。イスマイルのアリバイを疑ってたが、あれは本当だったんだ。リーリが弟の格好に扮《ふん》してオーキッド・ロッジに行ったんだよ」

「リーリがどうしてそんなことを？」

「わからない。だが彼がカネダの拉致に関係しているのは間違いないだろう。もしかしたら他の失踪にも関わっているかもしれない」

インディラ・ガンジー記念病院の前に到着した。

「着いたぞ。付き添っている暇はないから、自分ひとりで行ってくれ」

「僕を置いてくのか。連れて行ってくれよ」

「鼻が折れてるんだろ。治してこいよ」

ハンクは仕方なさそうにバイクを降りた。

「じゃあ、何かわかったら僕にも教えてくれ」

「ああ」

彼を置いてバイクを発進させる。

リーリの事務所や家に行っても無駄だとわかった。他に手がかりがあるとしたら。

思いつくのは、ひとつだった。バイクをチャンダニー・マグへと向けた。

パーゴラ・カフェは賑《にぎ》わっていた。大半が観光客のようだ。

この前と同じウェイターが応対に出た。彼は私のことを覚えていた。

「今日はお食事ですか。別の用件ならお引き取りください。イスマイルはいません」

「知っている。会いたいのは、あんたたちのボスだ」

「それは――」

「言い訳を聞いている暇はない。ここで押し問答して寛いでいる客たちに気付かれたくないだろ。結城が会いたがっているとボスに伝えてくれ」

ウェイターは渋い顔で引っ込んだ。待たされるのは覚悟していた。だが三分ほどで戻ってきた。

「お迎えに参るそうです。それまでお寛ぎくださ い」

店の奥の目立たない席に案内された。コーヒーを飲みながら待っていると、十五分ほどで背の高いアフリカ系女性がひとり入ってきた。眼が覚めるように赤い、体にぴったりとしたデザインのワンピースを着ている。彼女は真っ直ぐ私のところにやってきた。

「リズハーンが待ってるわ。ついてきて」

私は残りのコーヒーを飲み干すと席を立った。ウエイターにバイクのことを言《こと》づけておくのを忘れなかった。

店の前に彼女のドレスと同じく真っ赤なプジョーが停まっていた。

「乗って」

助手席に乗り込むと、彼女はすぐさま車を発進させた。

「リズハーンは、どこにいる?」

「行けばわかるわ」

「たしかにな。ところで君は――」

「わたしに関する質問は受け付けない。黙ってて」

どうやらコミュニケーションは拒絶されたようだ。私は口を閉ざして前を向いた。

車はマーレをぐるりと囲むボドゥタクルファヌ・マグを時計回りに走った。街の夜景が流れていく。やがて島の南側に入ると、住宅街の中にある一軒の家の前に停まった。

「降りて」

言われるまま、車を降りる。

まわりの他の家と違うところのない、ありきたりな建物だった。窓には明かりが灯っている。女性がドアを開け、中に入った。私も後に続いた。

声が聞こえた。英語の歌声だ。女性は歌が聞こえるほうへと向かう。そこはリビングだった。臙脂《えんじ》色のカーペットが敷かれ、ロココ風の家具が並んでいる。壁は白く、天井には派手なシャンデリアが吊るされている。しかし明かりは、そのシャンデリアのものではなかった。テーブルの上に置かれた燭台《しょくだい》で三本の蠟燭《ろうそく》が炎を揺らしている。

「蠟燭はいいな」

ソファに腰かけた男が言った。

「光が一様《いちよう》ではない。陰ったり揺らいだりする。それがいい」

「アンティークが趣味だとは知らなかったよ」

私は言った。

「あんたは新しもの好きだと思ってた、リズハーン」

「それは誤解だ。俺はロマンチックな男なんだよ。時代の流れを感じさせるものに身を置くのが好みなんだ」

「音楽もか。これ、タッド・モリスだな?」

「そう、『ウルトラ・ヴォイス』だ」

「これも意外な趣味だ。ロック好きなのか」

「ああ、ロックも今では廃《すた》れたジャンルだ。俺は命運の尽きたものを愛《め》でるのが趣味なんだろうな。仕事では反対だが」

「だな。機を見るに敏《びん》、が服を着て洒落ているような人間だ」

「俺は他の人間より若干《じゃっかん》、先見《せんけん》の明《めい》があった。だから成功したんだ。もちろん、これからも成功しつづけるよ。そのためには、手に入れるべきものは誰よりも早く手に入れ、無駄なものや危険なものは未練なく捨てる。そして自分自身をいつもシンプルにしておく。君のように過去に拘泥《こうでい》していると、いつか自分が溜め込んだものに溺れることになる」

「私もシンプルな生活を心がけているつもりだがな」

「君はとても古いタイプの人間だよ。信念とか倫理観とかに囚《とら》われている。否定したって無駄だよ。君だって自分のことはわかっているはずだ。事実、今は仕事抜きで駆けずりまわっているだろう?」

「ちゃんと依頼人あっての仕事だ。まあ、古い人間であることを否定はしないがね」

「その話、わたしも聞いてなきゃいけないのかしら？」

私をここまで連れてきた女性が言った。

「正直、何言ってるのかわからないんだけど」

「わからなくていいよ。そこにいてくれ」

リズハーンは言った。

「お客人は、すぐに帰る。送っていってほしい」

「言ったでしょ。わたしは運転手じゃないって」

「そうだな。君を運転手扱いするのは間違っている。でも頼むよベイビー、君を信頼しているんだ」

女性は答えなかった。あきらめたような顔でソファに腰を下ろす。

「ところでミスタ・ユーキ、その顔の傷はどうしたんだい？」

「ムスタファの部下に揉《も》まれたんだ」

「最高の《バラーバル》ムスタファに？　どうして？」

「私とあんたが癒着していると勘繰《かんぐ》ったらしい」

「そりゃいい。俺はてっきり、あんたはムスタファと手を組んでいるものだと疑っていたよ」

「こういう三角関係は迷惑だな」

「それだけ君が有用な人間だってことさ。何ならいっそ、俺のビジネス・パートナーになるかね？　君なら大歓迎だが」

「嬉しい申し出だが、断るよ。私は個人営業が性《しょう》に合っている。ところで本題に入っていいかな。イスマイル・ハッサンの行方を知りたいんだ」

「イスマイル、イスマイル、イスマイル。ここのところ、みんながあいつのことを捜している。そんなに重要人物だとは思わなかった。警察も追っているぞ」

「あんたのところにも来たのか」

「ウサーマ・ディディとかいう生意気な刑事がね」

「で、何と答えた？」

「知らぬ存ぜぬ。正直、あんな雑魚《ざこ》のことまで気にしていられないからね。どこで何をしているかなんて、知ったことではないよ」

「嘘だな」

私は言った。

「たしかにイスマイルは雑魚だ。だがあんたにとっては重要な釣《つ》り餌《え》だったはずだ。彼を手中に収めていればリーリ・ハッサンを引き寄せることができる。リーリを手に入れればムスタファに大打撃を与えることができる。海老《えび》で鯛《たい》を釣る以上の成果を得られるはずだ。そんなイスマイルを野放しにしておくわけがない。違うか」

リズハーンはいつものように内ポケットから煙草ケースを取り出した。一本抜き出し、銜える。そしてゆっくりと火を着けた。

「……イスマイルは矛盾《むじゅん》した男だよ」

煙と一緒に言葉を吐き出した。

「優秀な兄へのコンプレックスがあり、その影響から抜け出したくて俺の側に付いた。だが兄を完全に裏切ることはできなかった。どこかで兄に追従《ついじゅう》し、甘えていた。一方リーリのほうも、弟を見捨てられないでいた。そんな状態だから俺もあいつを使ってリーリを取り込めるのではないかと期待したんだ。だが、あの双子の関係は俺の想像を超えるものだった。鏡と同じだよ。まったく正反対なことをしていながら、ぴったりと一致するんだ。そしてたぶん、ふたりにしかわからない秘密を抱えている。それが何なのかわからないまま、今度のことが起きたんだ。この前あんたと会ってから、俺はイスマイルに問い質《ただ》した。ツガル・カネダという男のことを本当に知らないのか、とね。あいつは知らないと言い張った。その言葉を信用していいのかどうか、判断できなかった。だからそれとなくあいつを監視するように、パーゴラ・カフェの者たちに指示しておいたんだ」
二、三口吸ってから、煙草を灰皿に押しつけた。そしてまた新しい一本を取り出す。
「今日の昼過ぎ、店のウェイターから俺のところに報告があった。イスマイルが店の奥でウェラを弄《いじ》っているのを気付かれないように覗き込んだら、エレベーターのチケットが表示されていたそうだ」

「軌道エレベーターの?」

「なので俺はイスマイルが何をするつもりなのか確認しろと言った。だが少し遅かった。あいつは行方をくらました」

「どこにいるのかわからないのか」

「ああ、だが想像はできるな。地球駅だ」

「エレベーターに乗ったと?」

「可能性はあるな。時刻表を調べたら、十三時三十分に出発したビークルがあった。それに乗り込んでいるかもしれない」

「しかし、どうしてエレベーターに?」

「究極の高飛びじゃないか。文字どおり地球の外に逃げ出せる」

「しかしそれは袋小路に飛び込むことでもあるぞ。たとえ月まで逃げたとしても、その先はない」

「たしかにそうだな。あるいは単純にエレベーターに乗りたかったのかも。あれに乗り込む客のほとんどが、そういう目的らしいぞ」

「それにしても……いや、ここであれこれ考えているのは無意味だ」

「行くのか」

「ああ、イスマイルだけじゃなく、リーリも一緒かもしれない。確認してみる」

「兄弟そろって地球脱出か。ベイビー、ミスタ・ユーキをジャンクションまで送ってやってくれ」

呼ばれた女性は不機嫌そうに、

「わたしの名前はベイビーじゃないわよ」

と言って立ち上がった。

リズハーンは言った。

「ミスタ・ユーキ、もしもイスマイルがまだ地球にいて捕まえることができたら、言伝《ことづ》てがある」

「店に戻る気があるなら、いつでも歓迎すると」

「寛大だな」

「まだあいつには使い道があるからね。そしてリーリがいたら、彼にも伝えてくれ。ムスタファよりいい条件で雇うと」

「会えたら伝えておくよ」

私が言うと、リズハーンは微笑んだ。

「我が友ユーキ、君には感謝しているよ」

10 騒動

女性はやはり無言で車を運転した。私も考えごとをしていたので、そのほうがありがたかった。

イスマイルがエレベーターのチケットを持っていたという情報が正しければ、そしてすでに搭乗しているとしたら、事は厄介だ。彼が戻ってくるのを待つか、あるいは彼を追ってエレベーターに乗らなければならない。

正直、エレベーターにあまり良い思い出はなかった。最後に乗ったときは、テロを阻止するために命懸けの仕事をさせられた。すべてを終えた後、もう二度とエレベーターには乗るまいと誓った。その誓いはこれまでのところ守られている。それを破るのは——。

「ねえ、何考えてるの？」

　不意に声をかけられた。

「気になるか。私の考えていることに興味があるとは思わなかった」

「深刻そうな顔してるからよ。あんた何者？　リズハーンにあんな口の利きかたをする人間、見たことがないわ。リズハーンも怒ってないみたいだし」

「彼とは雇用関係もないからね。好き勝手なことが言えるんだよ。君だってずけずけ言っているように見えたが」

「わたしは言っていいことと悪いことを弁《わきま》えてるよ。リズハーンに本気で歯向かってるわけじゃない。もしもそうなら、あんたを車に乗せて送ったりしてない。あんた警察じゃないよね？」

「違う。ただの便利屋だ」

「便利屋？　ペットの散歩とか壁紙の貼り替えをしてくれるひと？」

「そういうことは、あまりやってないな。今は人捜しをしている」

「イスマイルって男？」

「彼は手がかりだ。捜している本人ではない」

「わたしも人捜しを頼める？」

「捜してほしい人間がいるのか」

「そう。将来わたしと結婚してくれるひと。わたし、早く子供を産みたいの」

「それは便利屋の仕事じゃないな。結婚相手は自分で探すべきだ」

「わたしが見つけた男に、ろくなのがいないの。ちゃんとしたひとに『おまえにはこの男がいい』って教えてほしい」

　急に饒舌《じょうぜつ》になった女性にいささか辟易《へきえき》しながら、私は適当に相槌《あいづち》を打っていた。やがてジャンクションの白い建物が見えてきた。

「ここでいい」

　車を停めさせた。

「ありがとう。助かったよ」

彼女はなおも何か言おうとしたが、それを聞く前に車を降りた。

ジャンクション——正式名は地球駅連絡センター——はマーレの東端に位置していた。ここから沖合十キロのところに浮かぶ地球駅まで海中トンネルで繋がっている。言わば宇宙への玄関口だ。それほど大きな建物ではない。見た目は低層マンションといったところだ。

中に入ると、人の姿はあまりなかった。時刻は十九時。表示を見ると次の便は十分後に発車することになっている。ウェラを翳《かざ》してゲートを通り、ホームへと向かった。

ホームも全体が白で統一されていた。レトロ・フューチャー風のデザインだが、あまりいい趣味とは思えなかった。

流線形のリニアカーはすでにホームに停まっていた。乗り込むと、その車両には私しか乗客はいなかった。

座席に腰を下ろし、発車を待った。

発車のアナウンスが流れ、ドアが閉まろうとしたとき、滑《すべ》り込むようにして五人の男女が乗り込んできた。皆、黒い制服にフル装備のベストを着込み、ヘルメットには「モルディブ国防軍《MNDF》」と書かれている。自動小銃も下げていた。胸の記章を見て、彼らがホリタ警備部の兵士だということはすぐにわかった。

彼らは私を取り囲むようにして立った。

「結城世路さんですね？」

班長の腕章を付けた男が日本語で私に言った。

「ああ、そうだが。何か用か」

リニアカーは走り出していた。

「駅に到着したら、ご同行願います」

「そうしなければならない理由があるのか」

「はい、あります。失礼ですが、お立ちいただけますか」

言われたとおり立ち上がると、兵士のひとりが私の身体チェックをした。隠し持っていたタッカードを没収された。

「それ、借り物なんだ」

「然《しか》るべきときがきたら、お返しします」

兵士たちに囲まれたまま、駅へ向かった。

リニアカーは海中トンネルを通って進む。日中なら窓からモルディブの海中を眺めることができるようになっていた。しかし今は夜だ。外の景色も暗くてわからない。そもそも屈強な兵士たちに囲まれていては、景色を愛でる余裕もないのだが。

十分ほどで到着した。私は彼らに囲まれたままホームに降り、そのまま一緒に改札を出た。

地球駅にはビークル発着場の他、宿泊施設や商業施設、従事者の生活施設や研究施設も造られている。警備の人間も含めれば常時二万人近くの人間が生活していた。

リニアカー発着駅は海面下四階の外周に位置している。駅を出ると通常エレベーターで上がり、それぞれの施設へと向かう。

私を拘束した兵士たちは、しかしそちらのエレベーターを使わなかった。関係者以外立入禁止のゲートをくぐり、誰もいない廊下を延々と歩かされた。

この先に何があるのか、私は知っていた。かつては関係者だったからだ。

何の表示もないドアの前に立った。班長がセンサーに手を翳す。ロックが解除された。

ドアの向こうにあるのは人ひとりがやっと通ることができる幅しかない廊下だ。もしも何者かがドアを破って侵入した場合、ここで侵入者をひとりずつに分断して、その先にあるスペースで個々に迎撃することになっている。

そこを通ると、いくつかの部屋がある。班長は私をそのうちのひとつに連れていった。

古風にドアをノックする。

「入れ」

声が応じた。

私のオフィスと同じくらいの広さがある部屋だった。アイボリーの壁と、床にはモスグリーンのカーペット。壁に北斎《ほくさい》が描いた富士山《ふじさん》の絵が掛けられている。

部屋の主は木製の机の前に腰を下ろし、万年筆で紙のノートに何かを書いていた。

「部長、結城世路氏をお連れしました」

「ご苦労。下がっていい」

彼は万年筆を置き、私に眼を向ける。

「久しぶりだな、結城」

「お久しぶりです、敦賀部長」

危うく敬礼をしそうになった。

敦賀大輝《だいき》ホリタ警備部部長。軌道エレベーターに関わるセキュリティ部門の総指揮官。そして、かつての私の上司だ。

初めて会った者は彼が意外に小柄なので驚くらしい。警備部の制服に収まっている体も、それほど威圧的ではない。表情も穏やかで、声も落ち着いている。レスリングの金メダリストという経歴を知らなければ、気の良さそうな老人にしか見えないだろう。

「私が子供の頃、すでに紙とペンは間もなく消滅する道具だと言われていた」

部長は言った。

「面白いものだな。それが今でも信頼できるデバイスとして使われているんだ。紙の質さえ選べば数百年後も記録した内容を読み返すことができる。逆に新しいものは弱点も多い。今どきの若者はハードディスクなるものの存在も知らないだろう。テクノロジーの進化というのは何なのだろうかと考えさせられることがあるよ。エレベーターも然《しか》りだ。重力圏脱出のために馬鹿のようにエネルギーを使うロケットに比べれば、たしかに軌道エレベーターというのは画期的な技術だ。専門的な訓練を受ける必要もなく、旅客機や船舶のように乗っていれば宇宙に行けてしまう。まさに夢のような話だな。今では五歳の子供でも月に到達できる。いずれは火星や、他の星にも行けるようになるだろう。だが、エレベーターは手軽ではあるが、その反面とても脆弱なシステムでもある。事細かにメンテをしてやらなければならないし、何より悪意に弱い。ぶっ壊してやろうと目論む奴らから見れば、突っ込みどころ満載だ。だから私たちのような人間が四六時中気を配ってやらなければならない。私や、君のような人間がな」

「私はもう、警備部の人間ではありません」

「知っているよ。だが君は私の部下だった人間の中で、もっともエレベーターを愛し、その存立を強く望んでいた。エレベーターがテロリストに攻撃されたとき、命を懸けて守り通した。もしもあのとき破壊されるままにしていたら、エレベーターの評価は地の底まで低落して、その後の計画も頓挫《とんざ》していたかもしれない。そう思うと、ぞっとするよ」

「それは部長個人の意見ですか。ホリタ全体において私の評価は最悪なものであるはずですが」

「あのときは目先の損害に気を取られて、大局を見られる人間が上層部にいなかったのだよ。君の責任による損金は数十億だが、もしもあのとき君が最善の判断をしていなければ、損失額はその百倍では効かなかっただろう。しかしあの事件から時間が経ち、客観的に評価することができるようになってきた。君に有利な調査レポートもいくつか提出されている。君が復職を望むなら、たぶん何の問題もなく受け入れられるだろう」

「ありがたいお言葉です」

私は一礼した。

「しかしこうしてホリタから離れてみて、やはり私は組織の中では生きられない人間だったのだと痛感しました。私は結局のところ、独断専行のトラブルメーカーなのです。今更ここに戻ったところで、うまくやっていけるとは思いません。それよりも町の便利屋でいるほうが性に合っています」

「残念だな。だがまあ、君の意向は尊重しよう。ところでその便利屋の仕事だが、ずいぶんと厄介な案件を抱えているそうだな」

「どこまでご存じなのですか」

「いろいろとだよ」

そのとき、ドアをノックする音がした。

「入れ」

ドアを開けて入ってきたのは、つい先日顔を合わせた男だった。

「ファン・イギョン、参りました」

「結城君とは、もう面識があったな」

「はい、先日はどうも」

ファンは私に向けて敬礼した。そのとき、気が付いた。

「これか」

自分の腕のウェラを見た。

「あんたの情報を読み込んだとき、尻尾を付けられたんだな。全部モニタしてたんだろ」

「申しわけありませんでした」

ファンは否定しなかった。

「しかし、我々が知っているのは断片的な内容でしかない」

部長は言った。

「詳しく教えてくれないか。その上で対策を立てよう」


広々とした部屋に無数の仮想ディスプレイが並んでいた。すべて駅内の監視カメラから送られてくる映像だ。カメラが捉《とら》えた人の顔はコンピュータによって瞬時に検索がかけられ、素性を調べられる。不審人物が発見されたら、すぐに警備部の兵士が駆けつけ、身柄を拘束する。

本来であればわざわざ眼に見える形でディスプレイ表示しなくてもコンピュータ内部でデジタル解析すればいいことなのだが、まだ人間の視覚《アナログ》によるチェックの優位性は揺るがないと信じている者たち——敦賀部長のような——の意向で、このように物々しい監視室《サーベイランス・ルーム》が造られ、ディスプレイを監視するオペレーターが配置されている。私が勤めていた頃から、そういうところは変わっていないようだ。

「イスマイル・ハッサンとリーリ・ハッサンですね」

　ファンが確認した。

「それとツガル・カネダ、アレット・アダムス、そしてマイコ・ナシーム・カタギリ。それだけ頼む」

　私が言うと、オペレーターが即座に操作した。メイン・ディスプレイに四人の画像が表示される。

「ツガル・カネダのデータだけ見当たりませんね」

「モルディブ在住の人間じゃないからな。私のウェラに画像がある。それを送ればいいか」

「頼みます」

　オペレーターの指示を受けながら、オーキッド・ロッジで手に入れたカネダの画像をメイン・コンピュータに転送した。

「データ取り込みました。検索期間はいつからにしますか」

「三月八日から現在まで」

　そう言ってから、敦賀部長に説明した。

「その日にマイコとカネダが失踪しています」

「イスマイル・ハッサンとリーリ・ハッサンが見つかりました」

　オペレーターがすぐに報告した。

「十九時二十分に地球駅入口に姿を見せています」

　その画像が表示された。そっくりの顔立ちの男がふたり、並んで歩いている。

「エレベーター搭乗予約リストにふたりとも登録されていますね。二〇時〇〇分発の便です」

　時間を確認した。十九時四十分。

「今頃は搭乗待合室だな」

「至急、搭乗ゲートを封鎖」

　敦賀部長が素早く指示した。

「駅内巡回の警備員を待合室に向かわせろ。ふたりを発見次第確保して――」

その言葉を遮《さえぎ》るように警報が鳴った。

「非常事態《エマージェンシー》！　駅内に危険物反応あり！」

オペレーターが声をあげた。

「二ヶ所から二酸化硫黄《いおう》反応があがっています」

「二酸化硫黄……黒色火薬か。どこだ？」

「三階のショッピングモールと、メンテナンスプラントです」

「メンテナンスプラントだと⁉　あそこは関係者以外出入り厳禁区域だぞ。どうやって……いや、そんなことはいい、すぐに処理班を向かわせろ。警備員も二手に分けて出動だ。それと両所にいる人間を大至急退避させるんだ」

部長の指示が飛んだ。

「私もメンテナンスプラントに行きます」

ファンが言った。

「ああ、頼む」

部長が応じると、ファンは飛び出していった。

「くそっ、売店はともかく、どうやってメンテナンスプラントに爆弾を仕掛けることができたんだ？」

部長は呟きながら、ディスプレイを睨みつけた。

――第一実務班および第三実務班、メンテナンスプラントに入りました。これより探索を開始します。

しばらくして報告が入った。続いて、

――第二実務班と第四実務班、ショッピングモールに到着。探索始めます。

――危険物処理班、出ました。二手に分かれて現場に向かいます。

――ファンです。駅内警備班と合流しました。まだ危険物は発見されていません。

次々と状況が告げられる。

そして、不意に沈黙が訪れた。探索が続けられているものの、まだ危険物が発見されないのだ。じりじりと首筋を焼くような沈黙だった。

「結城、意見はあるか」

不意に部長が言った。彼も沈黙に耐えられなかったのかもしれない。

「部外者の私が具申してもいいのですか」

「かまわん。こういうとき、いつも君が一番頼りになった」

「では申し上げます。ひとつ疑問があるのです。なぜ今どき、黒色火薬などという古臭い爆薬を使用したのか。現在の危険物探知技術なら容易に発見できるということは、子供でも知っています。逆に探知機で発見できない爆発物は他にいくらでもあることも知られています。たとえばＰＳＴデストロイヤなどです。これなら少量で大きな破壊力を得られるだけでなく、各種探知機にも検知されません。なのになぜ？　解《げ》せません」

「たしかに、そうだな。それで君の考えは？」

「これは想像ですが、爆薬を発見させることこそが目的なのかもしれません。警備の眼をショッピングモールとメンテナンスプラントに向けさせるための。その間に犯人は、別の目的を達成しようとしているのかもしれません」

「別の目的……」

「爆発物騒ぎのせいで、部長が発しようとしていた命令は中断されました。搭乗ゲートは閉鎖されず、待合室にいるであろうイスマイル・ハッサンとリリ・ハッサンは野放しです」

「彼らの逃亡が目的だというのか」

「あるいは。待合室に人員を割《さ》けますか」

「今は無理だ。みんな爆薬探しに躍起《やっき》になっている」

「では、私が行きます」

部長は一瞬考えた。が、すぐに決断した。

「わかった、行ってくれ。搭乗ゲートは封鎖させておく」

私は一礼して、その場を離れようとした。

「待て。これを持っていけ」

渡されたのは小型の麻痺銃《パラライザー》だった。

「釈迦《しやか》に説法だが、気を付けてくれ。それと、一般人に危害が及ばないよう注意してほしい」

「了解しました」

銃をベルトに差すと、監視室を飛び出した。

現場を離れて数年経ったが、まだ駅内のことなら眼を閉じていてもわかる。搭乗ゲートへの最短ルートを頭に思い浮かべると、一気に駆けた。

ビークル発着場は海上七階にある。空港と同じように搭乗ゲートと到着ゲートがあり、ゲート前に搭乗待合室が用意されていた。

その待合室が、ひどく混乱していた。急に搭乗を止められた乗客たちが騒ぎはじめていたのだ。応対する係員も事情がわかっていないので説明できず混乱していた。私は彼らのひとりひとりをチェックしていった。ほとんどが外国人観光客のようだが、数十人の地元民、それも子供たちが混じっていた。いわゆる「シャカイケンガク」のための生徒たちだろう。彼らも不安そうにしている。

イスマイルとリーリが見つからない。あちらこちらと捜したが、ふたりの姿はなかった。

「どこに行った?」

呟きながら歩き回る。客たちの騒ぎはますます紛《ふん》糾《きゆう》してきた。怒号《どごう》が飛び交い、係員の釈明《しやくめい》の言葉を呑《の》み込む。

そのとき、視界の隅にふたりの男の後ろ姿を捉えた。着ている服は違うが、背格好がそっくりだ。私はそちらに向かった。

男たちは騒いでいる客たちから少し離れた場所に立っていた。ふたりで何か話しているようだ。

「おい」

声をかけた。男たちが振り返る。

今では脳裏に刻み込まれるほど記憶した顔がふたつ、並んでいた。なるほど、瓜《うり》ふたつだ。

「おまえ……どうして……?」

片方が驚いたような顔で言った。それで彼がイスマイルだとわかった。

「兄弟揃って月へ逃亡か。悪いがエレベーターには乗れない。一緒に来てくれ」

まだ何も言っていないほう――つまりリーリ――が弟の前に立った。

「君は何者だ？」

声も同じだが、リーリのほうが洗練された雰囲気を持っていた。着ているのも仕立ての良さそうなスーツだ。

「初めてお目にかかる。結城という便利屋だ」

「便利屋？」

「俺に付きまとっていた奴だよ」

イスマイルが兄に言った。

「リズハーンと仲がいいらしい」

「ムスタファともな」

私が付け加えると、リーリの表情が変わった。

「倉庫でムスタファたちを襲ったのは、あんただったのか」

「そのとおり。あんたはさっさと逃げちまったがな」

「俺たちに何の用だ？」

「いろいろと訊きたいんだよ。特にあんた、リーリにな」

「俺に？」

「そう、たとえばツガル・カネダのこととか。オーキッド・ロッジへカネダの荷物を取りに行ったの、あんただろ？　彼をどこに連れ出したんだ？」

「俺は何も話さんよ」

リーリは私を睨みつけながら言った。

「何も話さん」

「弁護士さんらしい態度だな。それでもかまわない。とりあえずはあんたたちを警察に引き渡して、じっくりと取り調べてもらうさ」

「俺たちは月へ行くんだ。その手続きは取ってある」

「それは残念だったな。月旅行は延期だ」

「そうはいかない」

リーリは頑なに言った。

「俺たちは何としてでも月に行く。そして人間の傲《ごう》慢《まん》を糾弾《きゆうだん》するんだ」

「傲慢？　糾弾？　一体何の――」

言い終える前に、リーリが行動に出た。突然飛びかかってきたのだ。

少しだけ対応が遅れた。思いきり突き飛ばされ、仰向《あおむ》けに倒れてしまった。

「イスマイル、行くぞ！」

ふたりの男が駆けだした。私はなんとか起き上がり、それを追おうとした。

リーリとイスマイルは係員に詰め寄っている乗客たちの中に飛び込んでいった。突然体当たりされて、客たちは弾《はじ》き飛ばされた。

私も続いて飛び込んだ。指先がイスマイルの襟を摑む。一気に引っ張った。相手の体が腰に乗った。そのまま投げ飛ばす。

床に叩きつけた。


イスマイルは痛みに呻いている。すかさず後ろ手に腕を締めあげ、首筋に麻痺銃《パラライザー》を撃ち込んだ。イスマイルの全身が痙攣《けいれん》し、すぐにぐったりとなった。

悲鳴があがる。顔を上げると、リーリがひとりの中年女性を捕まえていた。

「動くな！」

彼は女性の首筋にポケットから取り出した金属製の櫛《くし》を突きつけた。

「これはただの櫛じゃない。喉を掻っ切ることができる。嘘だと思うのなら試してみるか」

「嘘だとは思わない」

私は言った。

「その女性を放せ」

「おまえが先だ。弟を放せ」

言われたとおり、イスマイルから離れた。彼はぐったりと床に横たわったまま、動かない。

「殺したのか」

「気を失っているだけだ」

「弟に酷いことをしてくれたな」

リーリの眼が鈍く光った。

「おまえのことは許さない。代償を払わせる。こっちに来い」

言われるまま、彼の前に立った。

「選ばせてやる。この女の喉を切るか、おまえの喉を切るか」

「ここで人を殺しても、あんたにとっていいことはひとつもない。ここからは逃げられないぞ」

「うるさい！　俺たちは月へ行く。これは決定事項だ」

「月で何をするつもりだ？　さっき『人間の傲慢を糾弾する』とか言っていたな」

「そのとおりだ。人類は地球を汚すだけでは飽《あ》き足らず、月にまで醜《みにく》い手を伸ばした。そしてバクテリアのように繁殖しようとしている。その暴挙を何としてでも止めなければならない。俺たちは聖戦に赴《おもむ》く戦士だ」

その言葉が私の記憶を刺激した。

「似たようなことを言う連中に、前に会ったことがある。リーリ、あんたはもしかして『月解放戦線《MLF》』のシンパか。それとも――」

私は思いついたことを口にした。

「もしかして『枝を這うカタツムリたち』のメンバーか」

「あんな奴らと一緒にするな！」

リーリは激昂《げきこう》した。

「カタツムリの連中と俺たちとは根本的に思想が異なる！　自然への敬意も畏怖《いふ》もない奴らに新時代の革命など達成できるわけがない。あいつらが自らをMLFの後継者だと名乗ることを、俺は絶対に許さない。いいか、二度と俺をあいつらと同一視するんじゃない」

「悪かったな」

私は言った。

「たしかにあんたはカタツムリたちのメンバーじゃ

ない。カタツムリの一員であるツガル・カネダを誘拐したんだからな。すると彼らと敵対するグループなのか」

「そうだ。俺たちこそがＭＬＦの思想を受け継いだ正統なる存在、『シャングリラ守護隊《ガーディアンズ》』だ」

「大層な名前だな。いや、馬鹿にしているわけじゃない。ただ、あんたたちエコテロリストのボキャブラリーには、ときどき感嘆させられるんでね。それで、シャングリラ守護隊の皆さんは総勢何人だ？　他のメンバーは？」

「教える必要はない。それよりもおまえ、ただの便利屋じゃないだろう？　ホリタと繋がっているのか」

「いいや、昔社員だったというだけで、今は無縁だ」

「だったらなぜ、俺たちを追いかけた？　ホリタに媚《こび》を売って、おこぼれに与《あずか》るつもりだったのか。まあいい、偉い奴に伝えろ。今すぐエレベーターを動かせ。俺とイスマイルは月に行く」

「行ってどうする？　向こうに着いたってすぐに捕まるだけだぞ」

「心配しなくていい。この女も連れていく」

ひっ、と女性が声を洩らした。

「そうまでして月に行って、何をするつもりだ？」

「教える必要はないと言ったはずだ。つべこべ言わずにエレベーターを動かせ」

「何度も言うが、私は部外者だ。そんな権限はない」

「ならば権限を持つ者に伝えろ。早くしないと死人が出るぞ」

リーリは櫛を女性の喉に押しつけた。

「……助けて……」

女性がか細い声を洩らす。

そのとき、リーリの背後に動く人影を認めた。

一瞬、どうして彼がそこにいるのかわからず困惑した。彼は親指を立てて私に合図すると、リーリに近付いていった。やめろ、と声をあげかけたが、ぎりぎりで堪える。自分のするべきことを考え、リーリに言った。

「……わかった。今から警備部に連絡する」

私はウェラを指し示した。

「やっと自分の置かれている立場が理解できたか」

リーリが嗤《わら》った。

「おまえのように物分かりの悪い奴に——」

最後まで言えなかった。背後から接近した影がいきなり飛び上がり、リーリの背中にドロップキックを見舞ったのだ。

「んあっ⁉」

意味不明の声をあげてリーリが仰《の》け反《ぞ》った。私はその隙《すき》を逃さなかった。素早く駆け寄り、体勢を崩したリーリの喉元に前腕を叩き込んだ。

リーリは後ろ向きに倒れた。すかさず胸を踏みつけ、怯《ひる》んだ隙に手から櫛を奪った。

「くっ……くそっ！」

悪態とともに起き上がろうとするリーリの胸元に麻痺銃《パラライザー》を突きつけた。

「悪いが、月旅行は無期延期だ」

引金を引く。リーリは動かなくなった。

私はウェラで敦賀部長に連絡を入れた。

「リーリとイスマイルは確保しました。至急応援を寄越してください」

——ご苦労。今からそちらへ向かわせる。

「爆発物のほうは？」

——発見できない。どうやら誤報だったようだ。

「誤報？　本当ですか。しかしそれは……」

——検証は後にしよう。とりあえず危険は去った。

「……わかりました」

通話を切る。

「ユーキ！」

ドロップキックをリーリに放った少年が、駆け寄ってきた。

「やっぱりユーキ、かっこいいな。見直したぜ」

私は彼を見た。

「どうしてここにいるんだ、アブロ？」

「言ったじゃんか。俺も月へ行くってさ」

彼——アブロは得意気に言った。

「そうか、シャカイケンガクか」

「そうそう。まさかユーキにこんなとこで会うとは思わなかった。でさ、こいつら何？　悪い奴？」

「ああ、たぶん悪い奴だ。だからさっきのは危険な行為だったぞ。あんなことして怪我でもしたらどうするつもりだ」

　てっきり褒められると思っていたのだろう。私の言葉を聞いてアブロは意外そうな顔をした。

「だって……」

「勇気と無鉄砲《むてっぽう》とは違う。闇雲《やみくも》に行動するのは自分にも周囲にも迷惑をかける。そのことを忘れるな」

「だって……」

次第に意気消沈《しょうちん》していく。

私は彼の肩に手を置いた。

「だが、おまえのおかげで助かった。礼を言う」

アブロは驚いたように眼を見開く。

「俺、ユーキの役に立った？」

「立派にな」

私が言うと、アブロの顔に笑みが戻った。

エレベーターの運航が再開し、アブロは手を振ってビークルに乗り込んだ。

しばらくしてウェラが着信した。アブロからだった。

　さっきは面白かったよな。ディズニームーンに行くより、やっぱりユーキと仕事してるほうが面白いよ。また地球に戻ったら一緒に働こうぜ。俺たちはパートナーなんだから。

　あ、そうそう。これ、ちょっと借りてくからね。悪いことには使わないから心配しないでいいよ。それじゃ、また。

添付されていた画像を見て、息を呑んだ。そこには麻痺銃《パラライザー》を構えて笑っているアブロの姿が写っていたのだ。

「あいつ……」

思わず声が洩れた。いつの間に盗んでいったのか、今の今まで気が付かなかった。私は自分の迂闊《うかつ》さに苦笑してしまった。

リーリとイスマイルを警備部の兵士に引き渡し、敦賀部長の許《もと》に戻った。

「いろいろと世話になったな」

部長は私の肩を叩いた。

「リーリ・ハッサンは自分のことを『シャングリラ守護隊』のメンバーだと名乗りました。この組織をご存じですか」

「いや、記憶にない。具体的な活動はしていないグループなのだろうな。もしかしたら今回の騒動がデビューかもしれん。知ってのとおり、この手のテロリストは離合集散《りごうしゅうさん》を繰り返し、常に名称やメンバーが変動している。グループ間で抗争を起こすことも珍しくない」

「『シャングリラ守護隊』は『枝を這うカタツムリたち』と敵対しているようです。どちらもＭＬＦの後継者を標榜《ひょうぼう》しているので目的は似通《にかよ》っていると思われますが」

「近親憎悪というやつかな。互いに潰し合ってくれるなら願ったり叶《かな》ったりだが。とにかく、組織のことはこれから徹底的に調べよう」

「よろしくお願いします。ところで爆発物の件ですが、ほんとうに誤報だったんですか」

「ああ、ショッピングモールもメンテナンスプラントも隅々まで調べたが、危険物は発見できなかった。検知システムの誤作動と考えていいようだ」

「そうですか。しかし……」

「気になるか」

「はい、あまりにタイミングが良すぎます。リーリたちがエレベーターに乗り込もうとしているそのときに誤作動が起こって警備が手薄になるというのは、どうにも」

「同感だ。今回の誤報は意図的なものだった可能性がある」

「ということは、何者かが警備システムに手を加えた？」

「ハッキングされたかもしれない。今、その前提でシステムの洗い直しをさせている。どこかに穴があったのか……とにかく、大事に至らなかったことが幸いだ。君はこれからどうする？」

「もう帰ります。本来の仕事に戻らないと」

「マイコの捜索か」

「もしかしたらハッサン兄弟が何か知っているかもしれません。彼らがマイコのことで供述したら、教えていただけませんか」

「わかった。訊いておこう」

「ありがとうございます」

麻痺銃《パラライザー》のことを訊かれたらどう答えるべきか迷っていたが、幸い部長は忘れているようだ。私は一礼して監視室を出ていこうとした。

「待て」

部長に呼び止められる。振り返ると彼はディスプレイのひとつを見つめていた。

「先程の騒ぎで見落としていた。マイコの行方がわかったぞ」

「何ですって？」

私も同じディスプレイに視線を注いだ。

「……マイコが、エレベーターに乗った？」

「記録が残っている。マイコは本日の十六時〇〇分発のエレベーターに搭乗した」

「今日の十六時……画像、ありますか」

部長はオペレーターに指示を出した。

「見つかりました」

程なくディスプレイのひとつに画像が表示され

た。先程ハッサン兄弟を捕らえた搭乗待合室に違いない。エレベーターに搭乗するために待っている客たちが映っていた。

その中のひとりに画像がフォーカスされる。ムスリムの女性が顔を隠すために身に着ける濃紺のヒジャブを纏《まと》った女性だ。目許のまわりしか露出していないので肉眼で顔付きはよくわからない。が、コンピュータはその部分だけでデータと照合し、彼女が九十九パーセントの確率でマイコであると特定していた。

「間違いないようだな」

部長は言った。

「どうする？　君のターゲットは宇宙に逃げてしまった」

「行き先は月でしょうか。それともアーサー・C・クラーク駅止まりなのか」

「申請を調べてみよう」

オペレーターはすぐにデータを検索した。

「どうして彼女がエレベーターに……そもそも今まで何をしていたのか……」

「マイコはマラペール月面基地行きを申請しています」

オペレーターが報告した。

「マラペールだと？　どうしてそんな辺鄙《へんぴ》な基地に？」

部長は首を捻《ひね》った。

「やはり本人に会って直接訊いてみるしかないだろうな。結城、どうする？」

「追いかけたいです」

私は即答した。

「彼女が戻ってくるのを待つより、こちらから追いかけたいです」

「だろうな。今日はもう最終便が出てしまったが、明日最初のエレベーターに席を確保してもいい」

「そうしていただけますと、助かります」

私は頭を下げた。

11　上昇

アパートに戻ると、急いで荷造りした。

「お出かけですか」

アイリスが質問してきた。

「ああ、軌道エレベーターに乗ることになった。明日からしばらく留守にする。六時半に起こしてくれ」

「わかりました。気を付けて行ってらっしゃいませ」

荷造りを終えると風呂に入った。当分、湯船に浸かる生活とは別れを告げなければならない。気の済むまで湯を使った。

早めに寝床に入った。ここ数日いろいろなことがありすぎて頭の整理がつかなかったが、ベッドに横になって考えてみようとしても、うまくまとまらなかった。何よりわからないのが、マイコの気持ちだ。なぜ今日になって突然エレベーターに乗り込んだのか。マラペールまで何をしに行くつもりなのか。

考えてもわからなかった。

結論の出ないことを考えているうちに睡魔《すいま》が襲ってきた。気が付くとアイリスのアラームで起こされていた。

急いで朝食を取り、荷物を抱えてアパートを飛び出した。

地球駅には七時半に到着した。搭乗待合室に入るとファンが私を待っていた。

「お伝えしておきたいことがあります」

彼は言った。

「昨夜からハッサン兄弟の取り調べを続けていますが、リーリは口が堅く、何も喋りません。しかしイスマイルのほうは比較的簡単に口を割らせることができました」

「それで、何と？」

「自分はシャングリラ守護隊のメンバーではないと主張しています。それどころかリーリがメンバーであることも昨日初めて知ったと」

「じゃあ、どうして兄貴と一緒に月に向かおうとしたんだ？」

「結城さんやリズハーンに質問責めにされて身の危険を感じたのだそうです。そこへリーリがやってきて『しばらく月へ行って、ほとぼりを冷まそう』と誘ったそうで。イスマイルは一も二もなく同意したということのようです」

「なるほど。リーリは月で何かをするための手助けとして弟を連れていこうとしたってところかな。しかしリーリは何をしようとしてたんだ？」

「今のところは、わかりません。引き続き取り調べを続けます。何かわかったらお知らせします」

「たのむよ。ところでマイコの動向は？」

「彼女が搭乗したビークルのクルーとは連絡済みです。彼女の身柄を確保できればいいのですが、ご存じのようにひとつのビークルにクルーは五人しかいません。彼らには任が重すぎる。それにそもそも、マイコさんは何の嫌疑も受けていませんしね。とりあえず不穏な動きがないかどうか監視だけはしてもらっています。後はアーサー・C・クラーク駅に到着してから駅の警備員に任せます」

「マイコの身柄を確保したら、私が到着するまで留め置いてくれるように伝えてくれ」

「わかりました。では気を付けて」

そう言うとファンは待合室を出ていった。

搭乗ゲートが開き、私は他の乗客たちと一緒にビークルに乗り込んだ。

シートに腰かけると正面の大型モニタに外の景色が映し出された。ビークルには外を覗く窓はない。

「なんだかわくわくしますね」

私の隣の席に座った老婦人がフランス訛りの英語

で話しかけてきた。

「わたし、月へ行くのは初めてですのよ。あなたは？」

「たしか四度目です」

フランス語で応じると、彼女は少し驚いたような表情になったが、すぐに相好《そうごう》を崩した。

「あなた、フランス語がお話しになれるのね。日本人？」

「ええ、フランス語は片言しか話せませんが。あなたはケベックの方ですか」

「まあ、どうしておわかりになるの？」

「私の知り合いにケベック出身者がいて、あなたと同じようなアクセントで喋っていました」

「そうなの？　すごいわね。ねえ、あなた、こちらの方、すごいのよ」

老婦人は隣に座っている老人に声をかけた。

「少し話しかけただけで、わたしがケベックの人間だってわかっちゃったんですって」

「ほう、そうかね」

老人は素っ気なく応じた。どこか気もそぞろといった感じだった。その様子を見て老婦人は少々呆れたように、

「あなた、まだ怯えてるの？」

「怯えてなんかおらん」

老人は不機嫌そうに言った。

「ただ、いまだに信じられんのだ。こんなもので月まで行くとは」

「月までじゃないわ。アーサー・C・クラーク駅ってとこまで行って、そこからシャトルに乗り換《か》えてラグランジュ1駅まで行って、そこからまたエレベーターで月のジュール・ベルヌ駅に到着するの。もう何度も説明したでしょ？」

「聞くたびに眩暈《めまい》がして、話を全部忘れる。本当にそんなに遠くまで行かなきゃならんのか」

「そうよ。月旅行はわたしの子供の頃からの夢ですもの。あなたには付き合ってもらうわ」

老婦人の言葉に、老人は顔を顰《しか》めた。

「おまえと結婚して後悔することはないと思っていたが、今日そうではないとわかったよ。この歳で人生最大の試練に立ち会うことになるとはな」

「五十年前の新婚旅行で飛行機に乗ったときもあなた、同じこと言ってたわよ。大丈夫、人生最大の試練なんて、これまで何度だって乗り越えてきたでしょ」

老夫婦の会話を聞いているうちに、発進時刻になった。ビークルがゆっくりと動き出すのを感じた。

モニタに映し出された外の景色が、みるみるうちに変わっていく。駅の構造体から地球駅全体の姿へ。海を隔《へだ》てたマーレ島の姿が見えたかと思うと、それも小さくなって青い海が一面に広がり、五分もした頃には丸みを帯びた水平線が見えてきた。

さらに十分ほど過ぎると、モニタには暗黒の宇宙と煌《きら》めく星々しか見えなくなった。加速の感覚も消え、シートから立つ許可が出た。乗客たちはすぐには立たず、モニタに映る宇宙を見つめている。物珍しいのだろう。しかし星空を見て楽しんでいられるのは、わずかな間だけだ。地上から三万六千キロの距離にあるアーサー・C・クラーク駅に到着するまでの十一日間、景色はほとんど変わらないのだから。

私は一日で見なくなった。

景色に飽きた乗客たちを楽しませるためのものも、このビークルにはいろいろと用意されている。レクリエーション・ブースには大人も楽しめる遊具が置かれ、飲食物も豊富だ。体が鈍らないようトレーニングデバイスも揃っている。

それでも二、三日過ぎた頃には退屈が忍び寄ってくる。閉所恐怖症に似た状態になる者もいる。その対策としての精神安定剤も準備されていた。私に話しかけてきた老婦人の夫は、四日目にその薬のお世話になった。

「情けないわね。こんな素敵な乗り物を怖がるなんて」

　妻に言われ、老人は苦笑を浮かべる。

「まったくだな。こんなに気分がいいのに」

　どうやら薬が効いてきたようだ。先程までの抑鬱《よくうつ》状態が嘘のようだった。

　老婦人のほうはいたって元気だった。乗客の誰彼かまわず話しかけ、会話をすることで発散している。私も相手をさせられた。夫はモントリオールで衣料品会社を経営していて、三年前に引退した後、世界中を巡っているとのことだった。ただ、旅行をしたいのは老婦人のほうで、夫は不平を言いながら彼女に引っ張り回されているようだった。

「どこに行っても文句ばかり言うのよ。でもね、行けば行ったでわたしより楽しんでいるんだから」

　私は老婦人の話し相手をしつつ適当に運動し、適当に読書して過ごした。その間、地球との通信も欠かさず取り交わしていた。ファンからの連絡によると、リーリは相変わらず黙秘を続けているらしい。彼が月に行こうとした目的は、わからないままだった。

　地球駅を発《た》って十一日後、ビークルは無事にアーサー・C・クラーク駅に到着した。

　ビークルが駅内のプラットホームに静止し、到着したというアナウンスが流れると、乗客たちの間に安堵《あんど》の声が交わされた。

「あなたも月まで行くのよね？」

　老婦人に訊かれた。

「いえ、私の仕事はここで済むと思います」

　マイコがここで捕まれば、だが。

　搭乗ロビーに出ると、警備員の制服を着た女性が私を待っていた。

「ユーキ・セロさんですね。警備部のラリサ・ヴォルコワです」

　身長は百七十五センチ前後、髪はブロンドで瞳は淡いブルー。年齢は三十代前半といったところか。話す英語にかすかなロシア訛りが感じられた。

「本部のツルガ部長から連絡を受けています。ユーキさんに全面的に協力するようにと」

「感謝します。それで、マイコ・ナシーム・カタギリの身柄は確保できていますか」

「そのことですが」

ラリサの表情が曇った。

「申しわけありません。わたしたちの失態です。ただ、どうしても理解できません」

「何があったんですか」

「マイコ・ナシーム・カタギリが搭乗したビークル、個体コードＰＧ５が到着したので、我々警備班は彼女の身柄を確保するために搭乗ゲートに向かいました。そして乗客がゲートを通って出てくるのをひとりひとりチェックしていたのです。マイコの顔は本部から送られてきたデータで照合するようにしていました。なのに……マイコを確認できませんでした」

「確認できなかった、というと？」

「照合する人物がいなかったのです」

「そんな馬鹿な。マイコは間違いなくビークルに搭乗したはずですよ」

「ええ、そのことはあらためて確認しています。地球駅の搭乗ゲートを通る際にマイコと確定できる人物がいたことも、わかっています。なのに、その人物はエレベーターから出てこなかった」

「それは、どういうことなんですか」

「わかりません。経験したことのない事態です」

ラリサは当惑しながら、そう話した。私はしばらく考え込んだ。

「……ビークルのクルーは？　彼らはエレベーターに乗っていたマイコを確認していたのでしょう？」

「はい、マイコ・ナシーム・カタギリは間違いなく搭乗していたと証言しています。ずっとヒジャブを身に纏っていて顔はよく見えなかったそうですが、警備部から通達のあった女性であることは確認できていました。クルーはエレベーターからその女性が出ていくところまで見ています」

「エレベーター出口からゲートまでは脇道のない一本道ですよね。見落としがあるとは思えない」

「そのとおりです。でも、わたしたちはマイコを見つけられなかった。ヒジャブを着ていた女性というのも確認できませんでした。念のため今、エレベーターからここまでの順路を調査して隠れている者がいないかどうか調べているのですが、恐らく無駄であろうと思われます」

「なぜ断言できるのですか」

「ゲート通過時にチケットのチェックをすることはご存じですよね？」

「ええ、私自身、たった今そうして出てきましたから」

「確認したところ、マイコが座っていた席のチケットがゲートを通ったことが確認されました」

「ということはつまり、マイコはゲートを通って出た？」

「そうです。なのにわたしたちには彼女が見えなかったのです」

「それは……どういうことなんだ？」

私の頭の中も混乱してきた。眼を閉じ、冷静さを取り戻してから考えてみた。

「……たとえば、誰か他の人間が自分と一緒にマイコのチケットをゲートに通したとは考えられませんか。そうすればチケット通過の事実だけは残る」

「となると、マイコはまだどこかに隠れていると？」

「隠れることのできる場所が、ひとつだけありますね。トイレです」

エレベーターを出てからゲートまで歩いて五分ほどの距離があった。その途中にトイレがあったことは自分の眼で確認している。

「自分はそこに隠れてチケットだけゲートに通す。あなたがた警備の人間は混乱して騒ぎだす。その混乱に乗じてこっそり逃げ出そうとしているのかも」

「なるほど。だとしたら――」

そこへ警備員がひとり、走り寄ってきてラリサに報告した。

「エレベーターからゲートまで、逐一《ちくいち》確認しましたが、誰もいませんでした」

「途中のトイレも確認したか」

「はい、男女どちらも徹底的に調べましたが、無人でした」

その報告にラリサは渋い顔をして首を振った。

私もあっさりと仮説を覆《くつがえ》され、途方に暮れた。

「……一体、どこに行ったんだ？」

12 殺人

とりあえず駅構内にある警備部の詰所《つめしょ》へ向かった。今後の方針について協議するためだ。

そこでラリサの上司を紹介された。ジョージ・マッケイ課長という五十過ぎくらいの男性で、軍人らしい風貌ではあるが、話してみるとかなりの癇性《かんしょう》であることが察せられた。

「どういうことなんだ？　説明したまえ」

体型に似合わない甲高い声で、彼はラリサを叱責《しっせき》した。

「説明は、今申し上げたとおりです」

ラリサのほうは落ち着いた声だった。だがその表情を見ると、感情をかなり抑制していることがわかる。どうやらこの上司と部下は、あまり仲が良くないらしい。

「だから説明になっていないと言うのだ。マイコなる人物はどこに消えた？　なぜ見つけられなかった？　君たちは一体、何をしていたんだ？」

「マイコがどこに行ったのか、なぜ発見できなかったのかについては、今はわかりません。わたしたちの行動に関しては、指示に基づいて適切に行われたものと認識しております。しかしながら、このような結果になったことについては責任を感じています」

「責任？　そんなものは糞《くそ》の役にも立たん。必要なのは事実と成果だ。今回のことはミズ・ヴォルコワ、統括していた君が責任をもって対処したまえ」

責任など意味がないと言いつつ、彼女に責任があると責める。私がホリタに勤めていた頃にも、こういう矛盾した言いがかりで他人を責めたてる上官がいた。私がホリタを辞めざるを得なくなったのも、そういう連中が真っ先に私を糾弾したからだ。そのときの記憶が甦って、私は内心げんなりした。

私の心境に気付いたのか、マッケイ課長はこちらに眼を向けた。

「ところで君は、ホリタの社員ではないのだな。なのにどうしてツルガ部長の下で働いているんだ？」

「部長の指示で動いているのではありません。マイコの行方を捜している私のために、部長が便宜を図ってくれたんです」

「一民間人のためにか。信じられない話だが、部長直々《じきじき》の指示がある以上、従わないわけにはいかないからな。ところで、そのマイコというのは何者なんだ？　犯罪者か」

「そうではありません。モルディブの移民局に勤めている女性で、ホリタ社員の妻です」

私は明かしていい範囲で、これまでの経緯を話した。マッケイ課長はつまらなそうな顔で、その話を聞き、最後に言った。

「つまりは雲隠れした女房を捜す仕事の手伝いとい

うことか。ホリタ警備部も嘗《な》められたものだな。しかし、そういうことなら、別に我々が大騒ぎして捜し回るような案件でもないだろう。ヴォルコワ、その女の捜索は打ち切れ。あとはこちらのミスタ・ユーキに任せておけばいい」

「お言葉ですが課長、人がひとり、このアーサー・C・クラーク駅内で煙のように消えたんですよ。保安上、見逃すことのできない事態です」

「これがどんな問題になるというんだ。たかが民間人じゃないか。我々はエレベーターと駅の安全を守るという任務がある。それを優先すべきだ」

「だからこそマイコの失踪は重要視すべきです。このような異常事態を放置したままで駅の保安などあり得ません」

　私はふたりの口論を暗澹《あんたん》たる気持ちで聞いていた。警備部内の風通しの悪さは私が勤めていた頃から変わらないようだ。敦賀部長はこのことを憂慮《ゆうりよ》していて改革の方策を探っていたはずだが、どうやら実を結んではいないらしい。

「ちょっと、よろしいでしょうか」

　私は口を挟んだ。

「マイコの行方については、私が調べます。ただ私ひとりの力では難しい。警備部の方々のお力添えを願えませんでしょうか」

「力添えというのは、何をすればいいのかね？」

　マッケイ課長が不機嫌そうに問い返してきた。

「マイコと同じビークルに搭乗していた乗客たちに話を聞いてほしいんです。彼らならビークルを出て搭乗ゲートに到着するまでのマイコの動きについて何か見ているはずですから」

「それは少々手間のかかる話だな。搭乗者はすでに散らばっている。それをひとりひとり捕まえて話を聞くというのは、厄介なことだ。君は知らないかもしれないが、我々警備部は慢性的な人手不足状態でね、余計な仕事に手を出す余裕はないのだよ」

「できる範囲で結構です。とにかく話を聞いてください」

　私は辛抱強く言った。

「今は情報が欲しいんです。お願いします」

　マッケイ課長は納得のいかない表情で私の話を聞いていたが、その視線をラリサに向けた。

「できるか」

「乗客リストから追うことは可能です。指示をいただければ、すぐにでも」

「……わかった。ラリサ、君が指揮を執れ」

　渋々、といった顔でマッケイ課長は言った。ラリサは一礼し、私に向かって、

「他に何か、ありますか」

「搭乗ゲートで乗客のチェックをしたときの映像はありますか」

「顔認識データとの照合の際に記録したものなら、残っています」

「それを見せてください。私の眼でもう一度、確認したい」

「顔認識が信用できないというのか」

　マッケイ課長が嘲《あざけ》るように言った。

「データ解析の精度を信じられないとは、前世紀の人間みたいだな。君の記憶より遥かに正確なはずだがね」

「わかっています。ただ、自分を納得させたいんです」

「君の納得のために手間と時間を割くのは……まあいい、ラリサ、見せてやれ」

「わかりました。ではユーキさん、こちらへ――」

　ラリサが言いかけたときだった。詰所内の壁に設置された表示灯が赤く点滅し、コール音が鳴り響いた。緊急報だ。

「こちら詰所。どうしました？」

　モニタを監視していたアフリカ系の女性部員が素早く通話回線を開き、問いかけた。

　――第三部署のマイケル・シーンです。駅内ゾーンSにおいて死体を発見しました。

「死体だと？　どういうことだ？」

課長が顔色を変える。

――〇九時二十三分、ゾーンS内の作業員休憩室にて人が死んでいるとの通報があり、私が現場に急行して確認したところ、男性ひとりの遺体を発見しました。今から映像を送ります。

モニタに映し出されたのは、真っ赤な色だった。その意味はすぐにわかった。血だ。

文字どおり血の海の中に男がひとり、仰向けに横たわっている。黄色い作業服を着ていた。顔立ちからすると東洋人。四十歳くらいだろうか。喉のあたりがざっくりと切り裂かれている。

「これは誰だ？」

マッケイ課長が尋ねる。

――タク・ミズノ。三十九歳。日本人。エレベーター保全部第二整備課の職員です。業務はエレベーターの保全と清掃。死因は頸部の傷からの失血死と考えられます。死亡推定時刻は〇九時十九分プラスマイナス二分。

「殺されて間もなく発見されたということか」

私は呟いた。

「発見者は？」

そう尋ねてから、マッケイ課長は私に言った。

「これは、君の仕事じゃないぞ」

わかっている、という意味を込めて私は頷いてみせた。

――同僚のエルネスト・ペレスです。〇九時二十二分に休憩所にやってきて、遺体を発見したとのことです。課長、至急応援を願います。

「わかった」

マッケイ課長は言い、ラリサに指示した。

「第一班を連れて現場に向かいたまえ」

「ユーキさんへの支援は、どうしますか」

「そんなものは後回しだ。あの死体を見ただろう。こちらのほうが緊急だ」

「わかりました」

ラリサは一礼し、それからちらりと私のほうを見た。私も眼で合図する。彼女は詰所を出ていった。

「シーン、今、警備班を向かわせた。そのまま現場にて待機していたまえ」

――了解しました。あの、課長。

「何だ?」

――遺体の近くに妙なものを発見したんですが……。

その声が少し滞《とどこお》った。

「何だ? 凶器か」

――ちょっと凶器とは思いにくいものです。でも多量の血液が付着しているので……あ、でもこの出血ですから、単に血が付いただけなのかもしれませんが。

「不確かなことを言うんじゃない」

マッケイ課長は不機嫌になる。

「その妙なものとやらを見せろ」

――あ、はい。

モニタに映る映像が動いた。遺体から少し離れたところの床に、金属製のものが落ちている。

「もっと近付けろ」

課長が指示する。画像がズームされる。血溜まりからは離れているのに、それに血が付いているのは確認できた。

「何だこれは……櫛か」

たしかに櫛のようだ。金属製の櫛。

私の記憶が刺激された。

「櫛の歯を確認してください」

私は言った。

「鋭利に研《と》がれているはずです」

課長が咎《とが》める前に、シーンが櫛を手に取った。

――言われたとおりです。櫛歯は刃物のようになってます。

「君は何の権限があって――」

怒鳴りかけたマッケイ課長に、私は言った。

「これと同じものを地球で見ました」

「……何だと?」

「シャングリラ守護隊と名乗るエコテロリストのひとりが持っていました」

「テロリスト……」

課長の顔色が白くなった。

「まさか……テロリストが駅に忍び込んだのか」

「シーンさん、その休憩所には他に怪しいものはありませんか」

——怪しいもの……よくわかりません。

シーンは困惑しているようだった。私はマッケイ課長に言った。

「至急、休憩室に爆弾処理班を向かわせてください。現場に向かわせた第一班より先に室内の精査をする必要があります」

「爆弾が仕掛けられているというのか」

「わかりませんが、その可能性を考慮すべきでしょう。殺人犯がテロリストだとして、その目的がまだわかりませんから」

「……わかった」

課長は爆弾検知と処理能力のある特殊班を呼び出し、現場に向かうよう指示を出した。私は現場にいるシーンに、その旨を伝えた。

「特殊班が到着して調べ終えるまで、室内のものには一切手を付けないでください。特に注意するべきなのは遺体です。動かすときにはまず危険物の有無を確認してからにしてください」

殺した遺体の下に爆弾を仕掛けておき、仲間が助け起こそうとしたときに起爆させるというのは、戦場ではよくある手口だ。

「君は、何者だ?」

マッケイ課長が私に訊いてきた。

「手際《てぎわ》がよすぎる。警備部の組織についても詳しいようだな」

「じつはOBなんです」

私は短く言った。

「ところで課長、現場の休憩室付近に監視カメラは設置されていませんか」

「カオカイ、どうだ？」

課長はアフリカ系の部員に問いかけた。

「ＴＲ89カメラが休憩室の入口付近をモニタしています。その画像を出します」

仮想ディスプレイに映し出されたのは廊下とドアだった。

「これが現在の様子です」

「九時〇〇分からの映像を見せてください」

カオカイの操作で画像が遡《さかのぼ》る。無人の廊下が映った。

「何かあるまで進めてください」

早送りしても映像に変化はない。画面をじっと見つめた。

動きがあったのは九時十分過ぎだった。廊下を歩いてくる人の姿が映ったのだ。その顔が確認できる箇所で画像は止められた。

「認証できました。エレベーター保全部第二整備課所属のタク・ミズノと確認」

「再生を続けてください」

再び画像が動き出す。ミズノはあたりを窺うような素振りを見せた後、休憩室のドアに手をかけた。

「ストップ」

私は言った。

「どうした？」

マッケイ課長が訊いてきた。

「彼、バッグを持ってますよね」

私が指摘したのはミズノが左手に提げている金属製のバッグだ。画像から推察するとＡ３サイズくらいだろう。

「それがどうした？」

「整備課では今、こんなバッグを使ってるんですか」

「そんなことは知らん。カオカイ、どうなんだ？」

「備品ではありません。タク・ミズノの私物と思われます」

「課長、休憩室内にこのバッグがあるかどうか、シーンさんに確認してもらえませんか」

「そのバッグがそんなに気になるのかね？」

「私の思い過ごしならいいんですが」

私は言った。

「警備部に勤めていた頃に眼にした、ある危険物を封入したセーフティ・バッグに似ています」

「危険物というのは？」

「PSTデストロイヤ」

その単語を聞いて課長の顔色がまた変わった。

「もしあのバッグの中身が全部PSTデストロイヤなら、その爆発力で駅の外装にまで達する穴を開けることもできるでしょう」

「脅かさないでくれ。そんな危険なものを、どうしてあの男が持っているんだ？」

「わかりません。念のために調べてください」

――ヴォルコワです。現場に到着しました。

ラリサから連絡が入った。

「今から画像を送る。死んでいるミズノが休憩室に持ち込んだバッグだ。至急探してくれ」

マッケイ課長は指示してから、

「くそっ、何がどうなっておるんだ」

と、苛立ちを吐き出した。

捜索の結果を待つ間、私は一連の事件の流れについて考えつづけた。それがひとつの仮説に結びついたとき、ラリサからの報告が入った。

――室内をくまなく探しましたが、バッグは発見できません。

「どういうことなんだ？」

課長はラリサではなく私に訊いてきた。

「録画映像の続きを見ましょう。ミズノを殺した犯人が映っているはずです。そしてバッグの行方も」

カオカイが止まっていた画像を再生させた。といっても、しばらくは何事もない。

九時十五分過ぎに動きがあった。ひとりの人物が休憩室のドアに近付いたのだ。

その人物は、濃紺のヒジャブを身に纏っていた。

「まさか……」

私は思わず呟いていた。

「どうした?」

私が答えるより先に、カオカイが報告した。

「確認しましたが、職員のリストにはありません」

「当たり前だ。あんな格好をした職員がいるものか。ユーキ、あの女性に見覚えがあるのかね? 顔はよく見えないが」

「目許だけでも判別はできます。本部にマイコ・ナシーム・カタギリのデータを要求して、この画像と比較してみてください」

「マイコだと? それは消えた女のことか」

「はい。エレベーターから降りたはずなのにどこにも姿が見えない女性のことです」

「データを請求しました。折り返し送られてきます」

カオカイが言った。

「その間に録画の続きを見よう」

私が言うと、彼女は上司の指示を待つことなしに録画再生を始めた。マッケイ課長も咎め立てはしなかった。

ヒジャブの人物はドアを開け、休憩室に入っていった。そして三分後の九時十八分に再びドアを開けて出てきた。

その手には、あのバッグが提げられていた。

「この女がバッグを盗んだのか」

「ミズノを殺害してね。なかなかの手際ですよ」

「プロなのか」

「それは――」

言いかけたとき、カオカイが報告した。

「データが届きました。照合します」

答えはすぐに出た。

「間違いありません。この女性はマイコ・ナシーム・カタギリです」

「信じられん」

課長は途方に暮れたような表情で、

「忽然《こつぜん》と姿を消したと思ったら、今度は殺人だと？　一体この女、何者なんだ？」

「データは送られてきていますから、確認してください。しかし、どうにも解せない」

「何がだね？」

「マイコがこんなことをする理由です。彼女は、そんなことをする人間ではないはずなんですが」

「しかし現にこうして殺人まで犯しているではないか」

マイコが日本大使館からモルディブ移民局に送られたスパイであることは、ここでは明かせない。だから課長の言葉には反論しなかった。

「至急、マイコ・ナシーム・カタギリの身柄を確保しなければならん。ヴォルコワ君、今の話を聞いていたな？」

——はい。

「総動員してマイコの行方を捜せ。見つけ次第、確保だ。それと彼女が持っているはずのバッグの回収を最優先に」

——了解しました。

通信を切ると課長はカオカイに指示を出した。

「全監視カメラにマイコを捜させろ。彼女が見つかり次第、警備部員を急行させる」

「わかりました」

カオカイはパネルを操作した。

「これで間違いなく見つけられるはずだ」

課長は自分に言い聞かせるように言った。

「ここから逃げ出すことは不可能だ。きっと捕まえてやる」

私は先程思いついたことを検証するために、彼に言った。

「課長、ミズノの今日のスケジュールはわかりますか」

「そんなもの、どうするんだ？」

「彼がどうやってあのバッグを手に入れたか確認し

たいんです」

「そんなことは……いや、わかった。カダレ、タク・ミズノの勤務データを」

カダレと呼ばれた女性課員は、すぐにデータを表示させた。私はそれをチェックする。

「……やっぱり」

「何が、やっぱりなんだ?」

「今日はひとりでPS8の点検と清掃を受け持っていたようです」

「PS8?」

「私が乗ってきたビークルの個体コードです。彼が作業をしているときの画像はありませんか」

「カダレ、わかるか」

「少々お待ちください」

カダレの操作で、ひとつの画面が開かれた。

「プラットホームに設置されたMB26カメラの映像です」

ビークルの出入口付近が映し出されている。私は画面を凝視した。

ビークルの扉が開き、乗客たちが出てくる。一瞬だけ私の姿も映った。

その後でクルーが五人出てきて、それきり画像には人の姿はなくなった。

待っていると五分後にひとりの男がキャリアを押しながら画面に登場した。

「ミズノ、だな」

課長が確認するように言った。

「照合できました。タク・ミズノです」

カダレが言う。

ミズノはキャリアを押してビークルに入っていく。その後ろにはメンテナンスと清掃を受け持つロボットが五体従っていた。

その後しばらく動きはない。

「ビークルのメンテナンスには通常どれだけの時間をかけてるんですか」

「十五分です」

カダレが即答した。

「ただ、ほとんどがロボットの受け持ちです。人間の仕事は三分ほどで終わります」

彼女の言葉どおり、三分後にミズノだけが出てきた。キャリアを押しながら画面の外に出ようとしている。

「止めてください」

ミズノの姿が見えなくなる寸前に声をかけた。

「彼が押しているキャリアを拡大表示してくださ い」

キャリアが大きく表示される。私は自分の想像が的中したことを知った。

「ここに例のバッグがあります」

私が指差すところに、金属製のバッグが載せられていた。

「どういうことだ？　バッグはビークル内にあったということか」

課長の問いかけに、私は頷く。

「しかし課長、乗客が出た後、クルーは一度ビークル内を点検して忘れ物がないかどうか確認することになっています」

言ったのは、カダレだった。

「あんな大きなバッグが忘れられていたら、すぐ気付いて報告するはずですが」

「すぐには見つからない場所にあったんですよ」

私は言った。

「関係者しか知らないスペース、たとえば緊急時用ストレージとか」

「緊急時用ストレージ？　あれはメンテナンス関係者しか知らない場所だぞ。君が知っていること自体不思議なくらいだ。どうしてそんなところにバッグを入れることができたんだ？」

「それについては、ひとつ想像していることがあります」

課長の問いに、私は自分の仮説を述べた。

「私があのビークルに乗る前日、地球駅で奇妙なトラブルがありました。ショッピングモールとメンテナンスプラントで二酸化硫黄反応が検出され警報が鳴ったんです。しかし警備員たちが捜索しても、爆発物らしきものは見つからなかった」

「それはたしかに妙な話だが、それが今回のこととどう関係するのかね？」

「爆発物を捜索するために、多くの警備員がショッピングモールとメンテナンスプラントに入りました。ショッピングモールはともかく、メンテナンスプラントには普段警備員も簡単には入ることができません。それがあのときだけ自由に行き来できたんです。そしてＰＳ８ビークルはそのとき、メンテナンスの最中だった」

いささか勘の鈍いマッケイ課長でも、私が言いたいことはわかったようだった。

「つまり、警備員の誰かが爆発物騒ぎの混乱を利用してビークル内に忍び込み、あのバッグを隠したというのか」

「そうとしか考えられません。あの騒ぎはバッグをビークルに持ち込むために仕組まれたギミックだったと考えられます」

「誰がそんなことを？」

「この件にはふたつのエコテロリストグループが関係しています。『枝を這うカタツムリたち』と『シャングリラ守護隊』です。どちらも人間による月の利用や軌道エレベーターに反対している過激派です」

「そいつらが関与を？　ではやはり、あのバッグの中身はＰＳＴデストロイヤか」

「確認しないことには断定できませんが、その可能性もあると考えて行動するべきでしょう」

「……なんてことだ」

課長は苦々しげに言葉を吐いた。

「私の任期中にこんな面倒なことが起きるとは。来月で配置替えだったのに」

「警備員の中にテロリストの仲間またはシンパがい

ると見て間違いないでしょう」

彼の愚痴は聞こえていないふりをした。

「至急地球駅の本部に連絡を取って、あのときメンテナンスプラントに入った警備部員を全員洗い出すように指示してください」

「わかった。すぐに連絡する」

課長は苦虫を嚙み潰したような顔で、頷いた。

「しかし、それじゃあミズノも彼らの仲間ということになるのか」

「あのバッグを偶然発見したのなら、すぐ報告するはずです。それをせずに秘匿《ひとく》し、休憩室に持ち込んだ。恐らくは彼も、テロリストたちの計画に沿って動いたのでしょう」

私は言った。

「敵は、意外なところまで侵入しているようです」

「しかし君、そのミズノは殺害されたんだぞ。なぜだ？」

「今はまだわかりません。ただ先程話した『枝を這うカタツムリたち』と『シャングリラ守護隊』は目的は同じながら反目《はんもく》し合っているようです。もしかしたらそういうところに原因があるのかもしれません。いずれにせよ、警戒が必要です」

「マイコという女も、テロリストの一味なのか」

「今まで私が摑んでいる事実からは、彼女がそのようなグループに属しているという推測はしにくいのですが」

「しかし現に、その女はミズノを殺害しているではないか」

「それは……そのとおりです」

課長の言葉に、私は反論できなかった。

13 捜索

アーサー・C・クラーク駅内の捜索は二時間を過ぎても成果を得られなかった。

マイコの姿は、どこにも発見できなかったのだ。

「一体、どういうことだ？」

マッケイ課長は苛立ちを隠そうともしなかった。

「これだけ捜しても見つからないとは。考えられないことだ。マイコという女は煙のように消えたとしか思えん」

「人間は、そう簡単に消えません。どこかにいるはずです」

私は言った。

「とにかく警備班の報告を待ちましょう」

しかし、その後もマイコ発見の報はどこからも与えられなかった。カオカイが監視するカメラにも彼女の姿は映らない。

六時間が経過した後、私たちは判断せざるを得なかった。マイコはこの駅内のどこにもいないのだと。

「では、あの女はどこに行った？」

課長は戻ったラリサに問いかけた。

「わかりません」

彼女は素直に答えた。

「わからないじゃ困るぞ。なんとしてでも行方を突き止めなきゃならんのだ」

まるで彼女に責任があるかのように、課長は問い詰める。ラリサが奥歯を嚙みしめて我慢しているのが、傍《はた》で見ていてもわかった。

私はひとつ、思いついたことを口にした。

「シャトルは？　ラグランジュ1駅へ向かうシャトルは出ましたか」

「十四時三十分に一機、発進しました」

カダレが答えた。

「乗客は二十名です」

「シャトル搭乗者のリストはないんですよね？」

「ありません。搭乗チケットには名前は表記されませんから」

「地球駅を出るまでのセキュリティ・チェックだけで充分だという判断なんだ」

課長が言い訳するように言った。

「もしかして、その乗客の中にマイコがいると？」

「わかりません。ラグランジュ1駅到着時刻は？」

「明日の十三時五十分です」

「それまで待っているわけにもいかないな。シャトルのクルーにマイコのデータを送って乗客と照合させてください」

「わかりました」

カダレは今回も課長の承認を経《へ》ずに動いてくれた。課長も文句は言わない。

「よし、もしもシャトルに乗っていたら、今度こそ袋の鼠《ねずみ》だ」

彼は自分が思いついたかのように意気込んでいる。

「絶対に捕まえてやるぞ」

しかし一時間後、シャトルから届いた報せは彼をまた失望させた。

該当者、なし。

「本当にいないのか」

課長は嚙みつくような口調で訊いた。

――いません。

シャトルのクルーからの返事は、素っ気ないものだった。

――乗客は全員チェックし終えました。いただいたデータに該当する人物は乗っていません。

「……くそっ」

目論見が外れ、課長は悪態をついた。

その後も何の進展もなく、無駄に時間が流れた。

私たちは交互に休憩を取りながら、詰所に居座って情報を待った。しかし結局、翌日になっても有益な情報を得ることはできなかった。

「じつのところ、マイコなんて人間はいなかったのではないかな」

課長は疲れた顔で言った。

「そうとでも考えなければ、この事態の説明がつかない」

「しかしミズノが殺害されたのは事実です。そして、犯人は間違いなくいる」

私の言葉に、彼は胡散臭げに鼻を鳴らす。

「ミズノが自分で首を掻っ切ったということは考えられないか。自殺なら――」

「監視カメラの映像を見たでしょう。バッグを持ち出したマイコの姿が明瞭に映っていました。彼女がミズノを殺害してバッグを奪ったことは明白です」

課長が現実逃避したがっているのはわかるが、それに付き合っている余裕はなかった。

「しかしだな」

と、課長はなおも反論しようとする。そのときだった。

「ラグランジュ1駅警備班から入電です」

カダレが報告した。

「繋げ」

課長の指示でラグランジュ1駅からの連絡が全員に見聞きできるようになった。映し出されたのは中年の東洋人だった。

――警備班のシラクサです。手配されていたバッグを発見しました。

「何だと⁉」

課長が立ち上がった。

シラクサの顔が消え、代わりにどこかの部屋が映し出された。その部屋の片隅に金属製のバッグが転がっている。

――本日の十四時四十八分、N386ブロックで発見されました。確認願います。

「照合完了しました」

カオカイが報告する。

「殺害前にタク・ミズノが所持していたバッグと一致しました」

「どういうことなんだ？　どうしてあのバッグがラグランジュ1駅にあるんだ？」

「運ばれたんです」

緊張で、自分の声が他人のもののように聞こえた。

「誰かがあそこまで持っていったんですよ」

「マイコか。しかし彼女はシャトルの搭乗者の中にはいなかったはずだ」

「他の誰かが持っていったのか、あるいは……いや、今はそんなことを詮索《せんさく》するより重要なことがあります」

「……ああ、そうだな」

課長の表情も強張っていた。その視線は私と同じようにに映し出されたバッグに据えられている。

バッグは開けられていた。空っぽだった。

「中身は、どうなったんだ？」

「持ち出されたと考えていいでしょうね」

「どこに？」

「わかりません。もし中身がPSTデストロイヤだったとしても、密閉容器に入ってさえいれば大丈夫です。あれは酸素と反応して爆発するものですから」

逆に言えば、少量の酸素さえあれば相当の威力の爆発を起こすということだ。だから製造は真空の宇宙プラントで行われ、封入している密閉容器の中も完全な真空に保たれている。

「シラクサ、大至急駅内を捜索しろ。不審物がないかどうか確認するんだ」

――了解しました。ただ、マッケイ課長、こちらは人員が足りません。駅内の警備班だけでは到底無理があります。応援をお願いします。

地球から離れるにつれて警備部の人間の数は少なくなっていく。これは致し方のないことだった。脅威をもたらすような者は地球にいる段階で捜し出し排除すればいいのだし、そもそも地球から離れれば離れるほど、人ひとりに掛かるコストは高くなっていくのだ。私の記憶ではラグランジュ1駅の警備班人員は十人に満たないはずだった。

「わかった。シャトルで応援に行かせる」

課長はそう告げてから、カオカイに言った。

「何人出せる?」

「アーサー・C・クラーク駅内での警備を最大限まで削っても、五人が限度です」

「それでもいい。すぐに選定してシャトルに乗り込ませろ」

「私も行かせてください」

私は課長に志願した。

「部外者ですが、経験者です。警護の仕事は熟知しているつもりです」

課長は私の顔を見つめた。今回の決断は早かった。

「すぐに準備できるな?」

「はい」

「わかった。行ってくれ」

三十分後、私と五人の警備部員はシャトル乗り場に集合した。

「おお、あなた、月には行かないんじゃなかったの?」

声をかけてきたのは、地球駅からエレベーターに同乗していた老婦人だった。

「急な用件で行かなければならなくなりまして」

私が答えると、

「そうなの。じゃあ、このひとたちに何とか言ってくださらない? わたしたちはシャトルに乗れないって言うのよ。折角ここまで来たのに月に行けないなんて、理不尽だわ」

彼女が言う「このひとたち」というのは、シャトル搭乗係員のことだった。マッケイ課長からの急な指示で、シャトルへの一般客の搭乗を止めているのだ。

「今はラグランジュ１駅で何らかのトラブルが起きているようなんです」

私は言った。

「なので、そのトラブルが解決するまでしばらくお待ちいただけませんか」

「あなた、そのトラブルとやらを何とかしにいくの？」

「ええ、そうです」

「それは大変ね。わかったわ。そういうことなら待ちましょう。どうせわたしたち、急いで地球に帰る必要もないんだし」

「薔薇《ばら》の世話はどうなるんだ」

彼女の夫が不満を洩らす。

「長々と宇宙にいる間に、わしの薔薇が枯れたらどうするんだ？」

「薔薇のことならマーフィーに任せておけばいいの。あなたより花の世話は上手いわよ」

なおも言い合う老夫婦を尻目に、私はシャトルに乗り込んだ。

無人操縦のシャトルは定刻から十分ほど遅れて発進した。アーサー・C・クラーク駅からラグランジュ１駅まで、シャトルで約一日の距離だった。

「セロ・ユーキさん、ですね？」

警備班のひとりが声をかけてきた。二十代後半くらいの西洋人で、オーストラリア訛りの英語を喋った。

「ラクラン・ウィリアムズと言います。このグループのリーダーを任されました。よろしくお願いします。私はあなたを知っています。直接の部下だったことはありませんが、何度かお見かけしました。一緒に仕事ができることを光栄に思います」

「そうですか。私はもう民間人ですから、今回はあなたの指示に従います。よろしく」

「こちらこそ、よろしくお願いします。ところで今回ラグランジュ１駅に爆弾を持ち込んだのは何者なのですか。マッケイ課長からは詳しい説明がなかったのですが」

「私にもよくわかりません。これまで捜索対象としてきた人物については地球駅出発から追跡しているのですが、いまだに確保することができません。もしかしたらラグランジュ1駅まで当該のバッグを持ち出したのは別の人物かもしれない」

「なんだか曖昧な話ですね」

「ええ。話していても、もどかしいですよ。本当にバッグの中に爆発物が入っていたのかどうかも確認できていないし、最悪の場合PSTデストロイヤだったとして、その破壊対象がどこなのかもわからない。正直なところ私たちは今、曖昧模糊《もこ》とした情報を頼りに手探りで突き進んでいるようなものです」

「そんな中でも我々は最善を尽くさなければならない、ですね？」

「そのとおりです」

「わかりました。やりましょう」


シャトルで飛んでいる間もアーサー・C・クラーク駅とラグランジュ1駅から情報を受け取っていたが、芳《かんば》しいものはなかった。バッグの中身もマイコも、見つからなかったのだ。

　翌日十時過ぎにシャトルはラグランジュ1駅に到着した。下船後すぐ駅内警備班と合流した。

「駅内の三十パーセントは確認が済みました。今のところ危険物は発見されていません」

　シラクサが報告する。見つかったバッグも見せられた。これは間違いなく、ミズノが休憩室に持ち込んだものだった。中は空だが、緩衝材《かんしょう》が残っていた。爆発物を運搬する際に使われるテスレック樹脂で作られたものだ。

　ラクランもかつて危険物運搬に関わったことがあると言った。だから緩衝材を見ただけで、事の重大さは理解できたようだった。

「急いで残りの箇所を調べましょう」

　彼はシラクサと私に言った。

早速警備班の人間は各施設に散らばり、捜索を開始した。といってもPSTデストロイヤはいかなる検知器にも反応しない厄介な爆発物だ。捜索は目視に頼らざるを得ず、困難なものだった。

それでもその翌日二時過ぎには、駅内すべてのチェックを完了した。結果、異状なし。

「どういうことなんでしょうか。結局PSTデストロイヤは持ち込まれていなかったということですか」

ラクランが訊いてきた。私は答えられなかった。

「とりあえず危険はない。そう判断していいのではないでしょうか」

シラクサが言った。

「ジュール・ベルヌ駅行きのエレベーターへの乗客搭乗を認めてもいいでしょうか。足止めされている渡航者から苦情が出ていますので」

「それにはマッケイ課長の判断が必要です」

ラクランは言う。

「私のほうから報告します。渡航者は一昨日から留め置かれているのですね？」

「はい。バッグが発見された十四時四十八分から搭乗を禁止しています」

「ちょっと待ってください。それ以前はエレベーターに人を乗せていたんですね？」

私は口を挟んだ。

「もちろんです。特に指示は出されてませんでしたからね」

私は自分のウェラでエレベーターの時刻表を確認した。

「十四時三十分にここを出たビークルがある。個体コードPB6だ」

「それがどうかしましたか」

「時間的に見て、このビークルなら乗り込めたはずなんです」

「誰が？」

「あのバッグをここに持ち込んだ人物が」

その言葉の意味は、シラクサにもラクランにもすぐに理解された。

「では、そのビークルに犯人が乗っていると？」

「至急、ＰＢ６のクルーに連絡を取ってください。マイコ・ナシーム・カタギリのデータと一致する人物がいないかどうか。いや、とにかく搭乗客全員の身体検査と荷物検査をさせてください」

「わかりました」

シラクサが即座に駅の通信センターに連絡を入れた。

「そうです。搭乗客全員の検査です。もし不審物を持っている者がいたら、身柄を確保してください」

そう言ってから、彼は私を見た。

「これで、いいですね？」

私は頷く。

「マイコという人物が、本当にＰＢ６に乗っていると思いますか」

ラクランが尋ねてきた。

「そもそも駅内で検索してもマイコは見つからなかったのですよ」

「わかっています。ただ、これまでもマイコは、どういう方法かわからないが姿を消したり現したりしている。彼女が乗っていないとしても、他の誰かがＰＳＴデストロイヤを持ち込んでいるかもしれない。それともうひとつ、気になることがあります。マイコはマラペール月面基地行きを申請しているんです」

「マラペール？　どうして？」

「わかりません。わかりませんが、彼女の目的地は、そこかもしれない」

そのとき、シラクサのウェラに連絡が入った。

――ＰＢ６が通信を絶ちました。

「何だって⁉」

――先程の指示を伝えた後、突然連絡が途絶えたんです。通信機器そのものが切られているようです。映像も音声も届きません。

私たちは思わず顔を見合わせた。

「それで、ビークルの運航は?」

——問題なく動いています。四月十日の十五時四十五分にジュール・ベルヌ駅に到着の予定です。

「わかった。引き続きPB6と連絡を試みてくれ」

シラクサは通話を終えると、私に言った。

「これは、どういうことでしょうか」

「マッケイ課長を通じてジュール・ベルヌ駅の警備班に第一級警備態勢を敷くよう通達してください」

私は言った。

「PB6はハイジャックされたと考えるべきです」

14 人質

私はラクランたち五人の警備部員と共にジュール・ベルヌ駅行きのビークルPB11に乗り込んだ。

「とても歯がゆいですね」

ラクランは私に言った。

「このまま月に到着するまで十二日間も無為に過ごさなければならないなんて。できることならPB6まで飛んで行ってハイジャック犯をとっ捕まえてやりたい」

「同じ気持ちです」

私は頷いた。

頷きながら、警備員時代のことを思い出した。あのとき、PSTデストロイヤが仕掛けられたビークルから乗客と乗員を助けるために、後続のビークルを手動で加速し、無理矢理ドッキングさせた。今回も同じ手を使うべきか。

いいや、それは危険すぎる。向こうの状況もわからないまま行動すれば、ハイジャック犯――それがマイコだとは思いたくないが――が乗客たちに危害を加えたり、最悪の場合爆破することもあり得る。私は言った。

「こればかりはどうしようもない。私たちとPB6との間には二日間分の距離がある。宇宙空間では手の出しようがありません。待ちましょう」

その後もアーサー・C・クラーク駅、ラグランジュ1駅、ジュール・ベルヌ駅からは定期的に連絡が入った。しかし状況は一向に進展した様子もなかった。ビークルPB6からの連絡は途絶えたままで、まったく応答がなかったのだ。

ビークルでの移動自体は快適なものだった。クルーたちも丁寧に応対してくれたし、食事もそこそこ美味かった。


しかし私たちの焦燥は日に日に増していった。文字どおり、忍耐が試される日々だった。気持ちは焦るのに、することが何もないのだ。私たちは映画を観て本を読み、ゲームをして体を鍛えた。比較的自由の利《き》く禁固刑を受けているような気分だった。

そんな生活が五日ほども続いた頃、アーサー・C・クラーク駅からの連絡を受けた。

――ラリサ・ヴォルコワです。そちらはいかがですか。

「退屈しています」

私は正直に言った。

「事態は緊迫しているというのに、ここは途轍《とてつ》もなく退屈です。このアンバランスな状況が精神的にきついです。同乗者の半数が精神安定剤を飲みはじめましたよ。それで、何かありましたか」

――状況に進展はありません。PB6からの通信は途絶えたままですが、運航に異状はありません。定刻どおりジュール・ベルヌ駅に到着するものと思われます。ところでユーキさん、搭乗ゲートで乗客のチェックをしたときの映像データはどうしますか。

「映像データ……」

すぐには何のことか思い出せなかった。変化のない時間に晒されて頭の動きが鈍っているのかもしれない。

「……ああ、アーサー・C・クラーク駅で顔認識データと照合するために撮影したものでしたね」

——殺人事件のどさくさでお見せできなかったものです。いかがいたしましょう。

「一応、見ておきたいです。送信できますか」

——そちらのビークルの通信端末に転送します。それともうひとつ、これもユーキさんに依頼されたまま回答できずにいたことですが、マイコと一緒にビークルに乗っていた客の証言を四例、得ることができました。

「ありがとうございます。それで、何かわかりましたか」

——うち三例は、あまり重要な情報はありませんでした。ヒジャブ姿の女性が搭乗していたことは記憶していましたが、その人物がビークルを降りた後どこに行ったかについては記憶がないとのことでした。ただ一例、これはヒジャブ姿の女性のすぐ近くに座っていたという乗客からの証言ですが、彼女は人前では決してヒジャブを脱がなかったそうです。宗教的戒律を厳しく守っているのだろうと思ったそうですが。マイコという女性はムスリムだったのですか。

「いえ、彼女は無宗教でした。しかし、どうしてヒジャブなんかを着込んでいたのか……」

——もうひとつ乗客からの情報があります。ビークルがアーサー・C・クラーク駅に到着しゲートに向かうまで、その乗客はマイコのすぐ後ろを歩いていました。ところが途中、彼女はトイレに入っていったそうです。

「トイレに？　その後は？」

——乗客はそのままゲートに向かったので、その後のマイコの姿は見ていないと言っていました。情報は、以上です。

「そうですか。ありがとうございます」

通信を切り、クルーにメッセージの有無を尋ねた。

「セロ・ユーキ様に一通、届いております」

仮想ディスプレイが広げられた。メッセージに添付されていたのは六十人分の顔写真だった。

私はその一枚一枚を確認することにした。

ビークルに搭乗したときにも顔写真を撮っていてくれたなら、と思う。先程のラリサからの報告で私はひとつの推測をしていた。乗り込んだときと降りたときの乗客の比較ができれば、その推測が事実かどうかわかるのだが。

そんなことを思いながら、映し出される画像を次々とチェックし、流していった。

「それ、何ですか」

ラクランに訊かれた。

「暇潰しですよ。見たところで何かわかるわけでも——」

指が、止まった。

ひとりの人物の顔が、そこに映し出されている。

「まさか……」

私の頭は混乱した。どうしてここに……。

「どうしました？」

ラクランの問いかけにも、答えることができなかった。混乱を鎮《しず》め、目の前の事実から導《みちび》き出されるはずの事実を追った。

そして、わかった。

「そういうことか……」

私は独りごちた。

「そういうことって？」

「ヒジャブです。あれが眼くらましだった」

困惑顔のラクランに言った。

「もう、あの女は神出鬼没ではありません」

異変は、ビークルに乗り込んで十日目に起きた。

――PB11は管制センターの指示により緊急停止します。

突然、制御コンピュータが告げ、同時に減速のGを感じた。

「何だ？　何が起きた？」

ビークル内は騒然となる。クルーはすぐに管制センターに問い合わせた。

――本日十五時四十五分にジュール・ベルヌ駅に到着したビークルPB6を制圧していたハイジャック犯が、ビークル内に人質と共に立て籠もり、エレベーターの運航を妨《さまた》げています。

管制センターの係員が告げた。

――安全確保のため、只今全ビークルの運航を停止しています。

「なんてことだ」

ラクランは歯噛みした。

「そのハイジャック犯を捕まえに行かなきゃならないのに、ここで足止めされてしまうのか」

「ジュール・ベルヌ駅内の状況は？」

私が尋ねると、

――今はまだ情報が錯綜《さくそう》しており、明確なことがわかりません。

と言われた。

ラクランが自分のウェラでジュール・ベルヌ駅の警備班に連絡を取ろうとしたが、誰も出なかった。代わりにラグランジュ1駅からシラクサが連絡を入れてきた。

――ジュール・ベルヌ駅の状況が映像で入ってきました。そちらにも流します。

仮想ディスプレイに映し出されたのは、エレベーターのプラットホームらしき施設だった。ビークルが停まり、出入口が開いている。その周辺を警備部の制服を着た男女が数名囲んでいた。

「ハイジャック犯はビークルの中ですか」

ラクランが訊くと、

――そのようです。乗客十八名とクルー五名はすでに外に出ているようですが、犯人と人質ひとりがまだビークル内にいるとの情報を得ました。

「それで、犯人の要求は？」

――搭乗ゲートと隣接するR59エリアからすべての人間を撤退させろと言っているそうです。さもなければ人質もろとも自爆すると。

「やっぱり爆弾を抱えているんだな。それで対応は？」

――マッケイ課長が各警備班長と協議し、地球駅本部に打診して結論を出すそうです。

「そんな悠長《ゆうちょう》なことを言ってる場合じゃないだろうに」

ラクランがもどかしそうに首を振った。

「このまま、何もできずに待つしかないのか」

「待ちましょう」

私は言った。

「今は、待つしかない」

もしもビークルが爆破されたら、エレベーター全体に被害が及ぶ。私たちが乗っているものだけでなく運航中の全ビークルが危険に晒されることになる。

とにかく、慎重に事を運ばなくてはならない。私はディスプレイを見つめ、進展を待った。

二時間後、変化は不意に訪れた。

――犯人側の要求を呑むことで妥協《だきょう》が図られました。

シラクサが報告してきた。

――これからハイジャック犯が出てくるそうです。

ビークルの出入口を映している画像に眼を向けた。が、その画像は不意に消えてしまった。

――犯人の要求で、撮影を取りやめたのだそうです。

「それじゃ状況がわからないじゃないか」

ラクランが食ってかかった。

――安全確保のためです。致し方ないでしょう。念のため、音声だけはオンにしているようですが。シラクサのほうは冷静だった。声だけかもしれないが。

――犯人に動きはまだ見られません。

「顔は見られませんか。中を撮影するとか」

私は訊いてみた。

――犯人は映像回路のモニタリングをしているそうで、撮影しているのが確認されたら即、自爆すると脅しています。

「くそっ」

ラクランが拳を壁に叩きつけた。

「このまま手をこまねいているしかないのか」

――すでに犯人が要求したとおり搭乗ゲートとR59エリアからはすべての人間が撤退しています。

「その区域は犯人が占拠したも同然なわけですね。ところでR59エリアというのは、何がある区域なんですか」

――主に備品倉庫が並んでいます。ビークルで運ばれてきた物資を保管する場所です。それと、プライベート・ドックもありますが。

「プライベート・ドック？　誰の？」

――タッド・モリスです。

その名前は、もちろん知っている。世界的に有名なロック・スターで途方もない金持ちだ。今は隠居して、月に別荘を建てて住んでいると聞いている。

「タッド・モリスの荷物置き場ですか。でもドックということは……」

――彼が住んでいるオンルッカー・ハウスという施設と駅を行き来するためのムーンバギーが置かれています。

「バギー……もしかして、目的はそれか」

――どういうことです？

「犯人はマラペール月面基地行きを申請していまし

た。そこが最終目的地なのかもしれません。バギーを使ってマラペールまで行くつもりなんですよ」

——しかし、どうしてマラペールなんて辺鄙な場所へ行くんですか。

「あそこは月資源採掘の最前線です。人間による月の利用に反対するエコテロリストたちにとっては、重要な攻撃目標でしょう」

——では、目的というのは……。

「マラペールの破壊です。彼女をこのまま行かせてはいけません」

——わかりました。至急本部と連絡を取ります。

三十分後、ジュール・ベルヌ駅警備班班長のタイチ・シノダという人物から返事が来た。

——犯人がプライベート・ドックに入ったのを確認次第、ドックを開放して真空状態にします。

シノダは言った。

——犯人の息の根を止め、同時にPSTデストロイヤを無力化するのが目的です。

「それしかないでしょうね」

ラクランは頷く。

「もしPSTデストロイヤに酸素ボンベが接続されていたとしても、犯人の息の根を止めれば爆発は避けられる。ジュール・ベルヌ駅とマラペール月面基地を守るためです。犯人は殺すしかない」

「ちょっと待ってください」

私は言った。

「人質は？　解放されたんですか」

——いいえ。依然犯人と一緒です。

「では人質の命は？」

——やむを得ない、と判断されました。

「それは……」

「しかたないですよ」

ラクランが言う。

「大勢の命とひとりの命、どちらかを選ばなければならないのですから」

「しかし……」

私はそれでも、納得できなかった。シノダに尋ねる。

「人質になっているのが誰なのか、わかっているのですか」

――ええ。何というか、不運としか言えないのですが……。

彼は言葉を躊躇《ためら》っていた。

――シャカイケンガクでディズニームーンに向かっていた小学生です。名前は……アブロ・イブラヒム。

「アブロ……まさか」

――どうしました？

私は問いかけに答えられなかった。アブロが人質になっている。

「ユーキさん？」

ラクランにも声をかけられる。しかし返事をする余裕はない。

どうしたらいい？　このままではアブロが犠牲になってしまう。どうしたら……。

「シノダさん、犯人の動きは？」

――まだビークルから出てきていません。しかしこちらが要求を呑んだことはわかっているので、早晩動き出すと思います。

「人質もビークルの中なんですね？」

――ええ。

「犯人が人払いをした区域の見取り図が欲しいんですが、送ってもらえますか」

――何をするんですか。

「私に考えがあります。人質の命を救って犯人を取り押さえるため、協力してください。お願いします」

――……わかりました。これから送ります。

見取り図はすぐに届いた。それを確認してからウェラでアブロ宛てに連絡を入れた。

今、ビークルの中で人質になっていると聞いた。大丈夫か？　怪我はないか？

返事はすぐに来た。

大丈夫だよ。ユーキはどこにいるの？

ジュール・ベルヌ駅へ向かうビークルの中だ。足止めされている。連絡していて犯人にバレないか。

さっきからずっとウェラいじってるけど、ゲームしてるのか連絡取ってるのか、あいつにはわからないよ。でもあの女、ムカつく。

私は息をついた。どうやら望みはありそうだ。

これから伝えることを実行するんだ。おまえを助けるために重要なことだから、落ち着いてやれ。

私は手順を事細かに伝えた。しばらくやりとりが続いた後、アブロから短い返事が来た。

やってみるよ。

よし。おまえならできる。

「何をするつもりなんですか」

ラクランが訊いてくる。

「人質になっているのは、私の知り合いだ。今、連絡を取った。これから犯人を確保する」

「そんな。小学生なんでしょ？　そんな無茶なことさせられませんよ」

「できなかったら、あいつは死ぬ。一《いち》か八《ばち》かなんだ」

私は言った。

「私はアブロを信じる」

15　引金

通信を終えて、アブロはウェラを閉じた。それを見越したように女が言った。

「行くよ」

「行くって、どこにだよ」

「外。ビークルから出る」

「俺を放してくれるのか」

「いいえ。あなたにはもう少し長旅をしてもらうわ。マラペール月面基地までね」

「それ、どこ？」

「知らなくていい。わたしの言うとおりにしていればいいの。さあ」

女に促《うなが》され、アブロは立ち上がった。

出口付近には他に誰もいなかった。女が遠ざけたのだ。

「変な真似はしないでね」

女は言った。

「あなたがわたしの指示に従わないと、これを爆発させるから」

肩に下げていたボンベのような金属筒を叩いてみせた。

「それ、爆弾？」

「ええ」

「爆発したら、どうなるの？」

「この駅の外壁に穴が開いて、駅内は一気に真空になるわ。みんな死ぬの」

「じゃあ、あんたも死ぬんじゃないの？　それとも、あんただけ助かるの？」

「わたしも死ぬわ。目的が達せられなければ、ここで死ぬ」

「死んじゃっていいの？」

「あなたにはまだわからないでしょうけど、人間は崇高《すうこう》な目的のためになら命を投げ出せるものなの。そして肉体は滅《ほろ》びても、その魂《たましい》は宇宙の揺籃《ゆりかご》に抱かれて永遠に生きることができるのよ。だから怖くない。さあ、先に行って」

女はアブロを先に立たせ、歩かせた。

搭乗待合室にも誰もいなかった。

「そこを右」

言われたとおり、歩く。歩きながらアブロは周囲に眼を配った。

そして、見つけた。「R59—03」と記されたドアだ。

指示されたとおりだった。

アブロは少し早足になって女との距離を広げた。

「ちょっと、そんなに急がないで——」

女が言い終わる前に走りだす。そして「R59—03」ドアに体当たりした。

ドアは無抵抗に開いた。アブロは転がるようにして中に飛び込む。

「待ちなさい！」

女が叫んだ。

中は備品が並ぶ小部屋だった。アブロは部屋の奥にあるブースに駆け込んだ。そして肩にかけたバッグを素早く下ろす。時間との勝負だった。

女はすぐに小部屋に入ってきた。

「変な真似はしないでって言ったでしょ！」

女の声は尖っていた。真っ直ぐにアブロを見ている。

「あなた、死にたいの？」

アブロは答えない。バッグに手を突っ込んだまま、動かなかった。

女は近付いてきた。

「いらっしゃい。一緒に行くのよ。それともここで死ぬつもり？」

「どっちもいやだ！」

アブロは叫んだ。

「いやだよ！」

バッグから手を抜いた。

その手に何が握られているか女が認識する前に、アブロは引金を引いた。


そうした顛末《てんまつ》をアブロから直接聞いたのは二日後、私たちを乗せたビークルが予定より三時間遅れてジュール・ベルヌ駅に到着した後のことだった。

「一発だった。ほんとに一発で仕留《しと》めたんだぜ。バーンって！」

「人に向けるな」

私は彼の手から、それを取り返した。

地球駅で私から盗み出した麻痺銃《パラライザー》だ。

「まったく、何が役に立つかわからないな」

「俺、役に立ったろ？　そうだろ？」

アブロは少々勘違いをしている。しかし私は頷いた。

「ああ、おまえは役に立った。おまえの活躍でテロリストが捕まり、危機を回避することができた。ありがとう」

アブロの顔が、文字どおり花が開いたように明るくなった。

「だが、二度と私から物を盗むな。今度そんなことをしたら、今後絶対おまえには仕事をさせない」

「そんなあ……」

一瞬で表情が萎《しぼ》む。私は彼の頭を撫でて、笑った。

アブロの後ろにはシノダ班長と、警備班の人間たちが控えていた。

「この度は、ありがとうございました」

シノダは私に手を差し出した。

「この度は、ありがとうございました。おかげで助かりました。しかしまさか、こんな子供にテロリストを撃たせるとは」

「私にも予想外のことでしたよ」

そう言ってから、付け加えた。

「彼女は？」

「留置しています。会いますか」

「ええ、是非」

留置場といっても、ロックできる小部屋でしかなかった。そこに置かれた小さな椅子に、彼女は腰かけていた。

私は彼女の前に立った。私の背後には警備班の人間がふたり付いている。

彼女は私を見た。

「こんなところで会うとはね」

「私も意外だよ。君には騙されたからな、アレット」

彼女――アレット・アダムスは、少し笑った。

「最初から妙だと思っていたんだ。あの夜、私に助けを求めてきたことがね。誰かに襲われたのなら警察に連絡するべきだ。どうして初対面の私なのか。気付いてみれば答えは簡単だ。警察の到着を遅らせて、その間に逃げるためだったんだ。そうだな？」

「あなたのことは、少し察しのいいお人好《よ》しだと思ったの。だから利用しようとしたんだけど、ちょっとだけ見損なってたみたいね」

「君はリーリと同じく『シャングリラ守護隊』のメンバーなんだな。敵対する『枝を這うカタツムリたち』のメンバーだったツガル・カネダを襲って誘拐した。目的はPSTデストロイヤか。カタツムリたちはそれを使ってマラペール月面基地を破壊しようと目論んでいた。君たちはそれを自分らの手で実行しようとした。言ってみれば手柄の横取りを図ったわけだ」

「カタツムリの連中は、私たちに比べれば志《こころざし》も低いごろつきの集まりでしかないわ。人間を排除して月を守るという崇高な行為は、わたしたち『シャングリラ守護隊』こそが担わなければならないものなのよ」

「ツガル・カネダを攫《さら》ったものの、PSTデストロイヤは手に入れられなかった」

テロリストの主張に付き合うつもりはない。私は話を続けた。

「それどころかカタツムリたちに逆襲されそうになった。だから襲われたふりをしてホテルから逃亡した。彼らがPSTデストロイヤをエレベーターを使って持ち込もうとしていることを知っていた君は、先回りしてアーサー・C・クラーク駅行きのビークルに乗った。マイコの姿を借りてね」

私は手にしていた濃紺の布を、彼女の前に差し出した。

「これで全身を隠し、眼のまわりはスクリーンで覆った。そのスクリーンにはマイコの顔のデータを表示させ、顔認識を欺《あざむ》いたんだ。アーサー・C・クラーク駅に降り立ったときには途中のトイレでこの布を脱ぎ、自分自身の姿を晒《さら》して出た。三十秒とかからない早業《はやわざ》だ。大胆だな」

アレットは笑みを返すだけだった。

「ビークル内に隠したPSTデストロイヤはカタツムリの一味であるタク・ミズノが持ち出した。それを君が殺害して奪い取った」

「もう少しでマラペールまで行って、あそこを機能不全にしてやれたのに。残念だわ。とても残念」

「少なくない人命を損なわずに済んだんだ。よかったと思うべきだな」

「月を搾取《さくしゅ》するような人間なんて、死んで当然よ。ああ、それにしても、あんな餓鬼《がき》なんかにしてやられるなんて。ねえ、どうしてあの子、麻痺銃《パラライザー》なんて持ってたの?」

「天の配剤《はいざい》だよ」

私は言った。

「ところで、もうひとつ重要なことを教えてほしい」

私はアレットの眼を見つめた。

「本物のマイコは、どこだ?」

16 帰還

往路と同じく二十四日間かけて、私は地球駅に戻ってきた。

警備部本部に顔を出すと、敦賀部長とファンが出迎えてくれた。

「ご苦労だったな、結城」

部長が手を差し出した。

「君はまたも我々の危機を救ってくれた。感謝の言葉もない」

「幸運にも助けられました」

私はその手を握った。

「PSTデストロイヤは月面に放棄して無力化したそうです。しかしテロリストがどうやってあんなものを手に入れたのか、気になります」

「それは国際警察が捜査を始めている。特殊なものだからルートを特定するのも難しくはないと思うがね」

「そうだといいのですが。ところでビークルにPSTデストロイヤを隠した人間については？」

「そのことだが」

部長はファンに視線を向けた。

「犯人は、わかりました」

ファンが代わりに答えた。

「警備部第一実務班所属のエルゴ・ロドリゲスという男です。彼は爆発物騒ぎのときにメンテナンスプラントに入り、ビークルにPSTデストロイヤを収納したバッグを隠しました」

「逮捕したのか」

「それが、できませんでした。連行しようとしたところ銃器をもって抵抗したので、やむを得ず射殺しました」

「射殺？　君が？」

「はい」

「そうか。ところで、そのエルゴ・ロドリゲスが犯人だと特定できた理由は？」

「あの日、メンテナンスプラントに入った全警備部員を調査したところ、彼がギャンブルで借金を抱えていることが判明しました。それが事件が発生した後に返済されていたのです。エルゴがどうやってその金を調達できたのか不明ですが、詳しく調査をする必要があると判断しました。それで連行しようとしたのですが、先程報告したように抵抗されました」

「なるほどね。借金を帳消しにしてやるから手伝えとテロリストに唆《そそのか》されて手を貸した、というところかな」

「恐らくは。詳しい話を聞き出すことができれば事件の解明が進んだのにと、後悔しています」

「たしかにね。死人に口なしだ」

私は敦賀部長に眼を向けた。彼はかすかに頷いた。

「でも、私はそのエルゴなる男が犯人だとは思わない」

「なぜですか」

「バッグは緊急時用ストレージに隠されていた。あの存在を知っているのはエレベーターの関係者か、その他はごく一部の人間だ。彼の立場で知っていたとは考えにくい」

「バッグを隠すのを指示されたときに、ストレージの存在も教えられたのでは？」

「なるほど、考えられることだ。だがもうひとつ、エルゴは当日、第一実務班のメンバーと行動を共にしていた。バッグを密かに持ち込む余裕はなかったんだよ」

「……その口振りですと、エルゴのことはすでにご存じだったようですね」

「地球に帰る途中で部長から話を聞いていた。それで気になって調べてもらったんだ。あの日、メンテナンスプラントに入ったのは第一実務班と第三実務班だった。彼らの行動は集合からメンテナンスプラント入室に至るまで確認できている。余計な荷物を持ち込むことはできなかった。ただひとりを除いてね」

ファンは冷静だった。私をじっと見つめている。

「君があのとき、メンテナンスプラントに行くと告げて本部を飛び出していったのを見て、おかしいと感じるべきだった。どうして調査部の君が爆弾処理の現場に行かなければならないのか。あのときは混乱していて見逃していたことが、今になって奇妙に思えてくるんだ。君は、どうしてもメンテナンスプラントに行きたかった。あの混乱状況下でしか中に入ることはできなかったからだ。

ファン、君がPSTデストロイヤ入りのバッグをビークルに隠したんだな?」

「それは言いがかりというものですよ、結城さん」

ファンは相変わらず表情を変えなかった。

「私がバッグを持ち込んだ証拠があるのですか」

「あるよ」

私は答えた。

「メンテナンスプラントに入った第一実務班と第三実務班の人間に、何か妙なものを持っていた者はいなかったかと尋ねたんだ。すると複数の班員から、リュックを背負った警備部員がいたのを見かけたと証言があった。警備部員が移動時に使うことのある備品のリュックだ」

「備品なら、警備部員が持っていてもおかしくないのでは?」

「通常ならな。しかし今回の場合、第一実務班も第三実務班もリュックは装備していなかった。そのことは確認済みだ。リュックを持ち込めたのは、君しかいない」

私はファンに言った。

「その中にバッグを隠していたんだな?」

しばらくの間、ファンは無言だった。だが、やがてゆっくりと顔を上げた。

「計画では、ビークルにバッグを隠したことは露顕《ろけん》しないはずでした。タク・ミズノ同志が密かに持ち出し、マラペール月面基地まで運ぶ手筈になっていた。それを『シャングリラ守護隊』の阿呆《あほう》に邪魔をされたおかげで、何もかもが駄目になってしまった」

「それで慌てて身代わりとなる犯人役を作り上げて、自分で殺したというわけか。それだけのことのために、無関係のエルゴ・ロドリゲスを殺すとはな」

「人間は宇宙の秩序を乱す害虫です。そのことを私は、故郷の江界で嫌というほど実感しました。人間は悔い改めなければならない。なのに彼らは、地球だけでなく神聖な月にまでも汚い手を伸ばしている。『枝を這うカタツムリたち』はその暴挙を許さない。いかなる犠牲を払ってでも、阻止します」

「どうやら自分を擁護《ようご》しようとしているようだが、生憎と君たちの論理は理解できないし、するつもりもない。ファン、君がやったのは人殺しだ」

部屋の隅に控えていた警備部員がふたり、ファンの腕を取った。彼は抵抗しなかった。

連行される部下を見送った後、敦賀部長は言った。

「こんな内部にまでテロリストが入り込んでいたとはな」

「彼らの思想に賛同している者は、意外にいるようですよ。地球から出ようとする動きに反発を抱く保守層とか、彼のように人間の営為そのものに嫌悪を抱く層もあるようです。時代の雰囲気というやつでしょうか」

「ときに我々は間違っているのではないかと疑念を抱くことは、私にもあるよ。だが、それは一時の気の迷いだ。人類が生き残っていくためには、月を含めた宇宙への進出と新しい資源の獲得が不可欠だ。ホリタのエレベーター事業は、そのための重要な礎《いしずえ》となる。全身全霊を傾けて守っていかなければならない」

その言葉に、何の論評も挟まなかった。すでに私はホリタを去った人間なのだ。

代わりに、私は部長に尋ねた。

「マイコは今、どこにいますか」

17 対面

マーレの西端にあるインディラ・ガンジー記念病院の一室に、彼女はいた。

私が面会に行ったとき、彼女はベッドから起き上がり、窓の外を見ていた。声をかけると驚いたような顔で振り向いた。

「あなたは？　初めてお会いしますよね？」

「ええ、結城世路と言います。ご主人に依頼されてあなたの行方を捜していた者です」

「……ああ、あなたが。ハムドゥーンから話は聞いていました。あなたのおかげでわたしは助けられたんですよね。ありがとうございます」

「私は何もしていません。あなたを監禁していた連中の仲間から、あなたの居場所を聞き出すことができただけです」

「……アレットですね。まさか彼女がテロリストの一味だったなんて、今でも信じられません」

麻衣子は首を振った。

「アレットがあなたに接近したのは、ご主人に近付くためでした。ご主人からエレベーターの情報を聞き出し、破壊工作に利用しようとしたんです」

「そのことも聞きました。わたしたちを騙していたなんて……」

彼女はアレットが夫を誘惑していたことも知らないのだろうか。疑問に思ったが、聞かないことにした。他に尋ねたいことがあったのだ。

「あなたは移民局で面会する前から金田津軽を知っていたんですか」

「ええ……ネット上で、何度かやりとりをしていました。といっても、別に深い意味はありません。ごく普通の交流でした。彼がモルディブに移住したいと思っていると言ったので、アドバイスをしただけです」

「しかし彼があなたに接触してきたのも、ご主人の情報を手に入れるためだったのかもしれない」

「……そうかもしれません。わたし、全然気付かなくて……」

「そうなんですか。気付いたのではないのですか、イルカのことで」

麻衣子の表情が変わる。

「どうして、それを……」

「だからあなたは、大使館へカネダの身許を確認するために出向こうとした」

「……ご存じなんですか」

「山崎大使に伺いました。大丈夫、他には洩らしていません。大使館に向かう途中で、何があったんです？」

「金田が、わたしを追ってきたんです。わたしが何か気付いたことを、彼も察したみたいでした。彼はわたしに弁明しようとしました。君を騙してはいないとか、自分を信用してほしいとか。それが逆に怪しくて、彼を振りほどこうとしました。そしたら急に体が痺《しび》れて動けなくなって……何かされたのかもしれません」

多分、麻痺銃《パラライザー》を撃たれたのだろう。

「体は動かなくても意識はありました。金田はわたしを引きずって車に乗り込もうとしました。そのときです。何人か別の誰かがやってきて、わたしと金田を無理矢理別の車に押し込めました。そしてどこかで船に乗せられて、気が付くと知らない島に来ていました」

彼らが連行されたのはアリ環礁《かんしょう》の中にある小さな島だった。開発途中で見捨てられたリゾート予定地で、廃墟になっている施設があった。

「最初は何が何だかわかりませんでした。男たちが何人かいて、金田を縛り上げて質問責めにしていました。わたしにも同じ質問をしました。金田が持ち込んだものはどこにあるのか、とか。どうやらわたしを金田の仲間だと勘違いしていたようでした。必死になって説明しましたが、信じてもらえませんでした。そのうちに金田が弱ってきました。薬を飲まないと死ぬとか訴えていましたけど、聞き入れられませんでした。何日かしたら、本当に彼は死んでしまいました」

そのときのことを思い出したのか、麻衣子は苦しげに俯《うつむ》いた。

「金田の遺体は海に捨てられました。その後もわたしへの尋問が続きましたけど、ある日を境に急に何も訊かれなくなりました。おまえに訊かなくても場所はわかったと言われました。そして次の日、わたしを置いて彼らはいなくなりました。わたしはひとり、島に取り残されました。水と食糧はある程度残されていましたけど、助けを呼ぶこともできませんでした。このまま死んでしまうんだと思いました」

モルディブ警察が救助に駆けつけたとき、彼女はかなり危険な状態だったらしい。まさに九死に一生を得たわけだ。

「助かって、本当によかったですね」

　私が言うと、彼女はゆっくりと頷いた。

「一度死にかけて、今こうして自分のことを考え直す機会をもらったような気がします。わたし、これまでの自分の仕事が、つくづく嫌になりました。二重スパイみたいな真似をしてこの国のことを裏切って。退院したら、どちらの仕事も辞めます。そして、モルディブから出ていこうと思います」

「日本に帰るのですか」

「いいえ」

　麻衣子は即答した。

「あの国には二度と足を踏み入れないと決めています。ひとつもいい思い出はありませんから」

「そこまで忌《い》み嫌っている日本のために、あなたはなぜ働いたのですか」

「生きるためです」

　これも即答だった。

「日本から離れるためには、日本のために仕事をしなければならなかった。結城さん、あなたは大使館と親しい関係にあるのですか」

「それなりに」

「では、わたしの過去については聞いていますか」

「いいえ。教えてはくれませんでした」

「そうですか。ならばわたしも話しません。ただ、これだけは覚えていてください。わたしは日本大使館のために働いていましたが、日本のために役立とうなんて気持ちはありませんでした」

　きっぱりとした物言いだった。それ以上このことには触れるな、という意味だと解釈した。

　代わりに尋ねた。

「ご主人のことは、どうするつもりですか」

「本当のことを全部話します。そして彼が納得してくれるかどうかによって、決めます」

　そう言いながら、彼女は微笑んだ。

「これからは、自分で自分のことを決めていくつもりです」

ご主人との結婚も、本当はあなたの意思ではなかったのですか、と訊きたかった。しかしその問いかけは言葉にはしなかった。彼女が決意したとおりに行動するのかどうかも私にはわからないし、口を挟むことでもなかった。

だから言った。

「ご幸運を」

18 犯人

ハンク・アダムスはひどく落ち込んでいた。

「離婚するつもりだったんだから、よかったんじゃないのか」

そう言っても、彼は首を振るばかりだった。

「女房がテロリストだったなんて夢にも思わなかったですよ。くそっ、知ってたら最大級のスクープをものにできたのに」

「アレットのウェラの中身を簡単に見ることができたときに察するべきだったな。見せたくない情報なら、ウェラがあんたの手に渡るような真似はしない。わざと見せたんだよ」

「対立するカタツムリたちを牽制《けんせい》するためにですか」

「ゴシップ・ブログで騒いでもらおうと思ったんだろうな。亭主を利用するつもりだったんだ」

「なんてこった……」

ハンクは頭を抱えた。

「僕は本当に馬鹿だ。いいように扱われていた」

「それを言うなら、私だって同じだよ。今回は完全に手駒として使われてしまった」

「誰に？」

「モルディブ暗黒街の大立者、昔の上司、大使館のお偉いさん、みんな私を利用した。そして、リフガ・ムスタファも」

「リフガ？　誰です？」

「あんたも私と一緒に会ったことのある女だよ。彼女のおかげで酷い目に遭った」

「……話が見えないんですがね」

「地球駅でありもしない二酸化硫黄反応のおかげで大騒ぎになった。原因はコンピュータへのハッキングだ。その手助けをしたのが、私だった」

「ユーキさんが？」

「異変が起きたのは、私がカネダの画像データを提供してコンピュータに読み込ませた直後だった。調査した結果、その画像データにバックドアが仕込まれていた」

「その画像って、たしか……」

「そうだ。ここで手に入れた」

私たちはオーキッド・ロッジのロビーにいた。

「ここで受付をやってた女からデータをコピーした。そのときに余計なものも付けられたんだよ」

「それじゃあ……」

ハンクは咄嗟《とっさ》にカウンターを見た。そこにいるのは疲れた顔の若い男だった。

「もういないよ。三日前に姿を消した。リフガって名前も偽名らしい。本名はおそらく、エスメラルダ・バルラサ」

「それって……」

「そう、彼女もカタツムリの一味だった」

たかった。


「くそっ、こんなちんけなロッジのカウンターにいるのに脳にデバイス入れてるなんて妙だと思ったんだ。やっぱり只者じゃなかったんだな」

ハンクは唸った。

「いずれにせよ、もう終わりだ。この件は片が付いた」

私は立ち上がった。

「いや、まだですよ。事件の一部始終を聞いてない。エレベーターでの追跡劇とか、そういうのを話してくれませんか」

「当分は、誰にも話したくない」

そう言って、私はロッジを出た。


見上げた空に黒い雲が流れていた。どうやら雨が来るらしい。

私はバイクに跨がった。降り出す前にアパートに戻りたかった。

帰ったら風呂に入ろう。今日は熱めの湯に浸かり

ノン・ノベル百字書評

キリトリ線

なぜ本書をお買いになりましたか(新聞、雑誌名を記入するか、あるいは○をつけてください)

- □ (　　　　　　　　)の広告を見て
- □ (　　　　　　　　)の書評を見て
- □ 知人のすすめで
- □ タイトルに惹かれて
- □ カバーがよかったから
- □ 内容が面白そうだから
- □ 好きな作家だから
- □ 好きな分野の本だから

いつもどんな本を好んで読まれますか(あてはまるものに○をつけてください)

●**小説**　推理　伝奇　アクション　官能　冒険　ユーモア　時代・歴史　恋愛　ホラー　その他(具体的に　　　　)

●**小説以外**　エッセイ　手記　実用書　評伝　ビジネス書　歴史読物　ルポ　その他(具体的に　　　　)

その他この本についてご意見がありましたらお書きください

最近、印象に残った本をお書きください		ノン・ノベルで読みたい作家をお書きください	

1カ月に何冊本を読みますか	冊	1カ月に本代をいくら使いますか	円	よく読む雑誌は何ですか	

住所					
氏名		職業		年齢	

あなたにお願い

この本をお読みになって、どんな感想をお持ちでしょうか。

この「百字書評」とアンケートを私までいただけたらありがたく存じます。個人名を識別できない形で処理したうえで、今後の企画の参考にさせていただくほか、作者に提供することがあります。

あなたの「百字書評」は新聞・雑誌などを通じて紹介させていただくことがあります。その場合はお礼として、特製図書カードを差しあげます。

前ページの原稿用紙(コピーしたものでも構いません)に書評をお書きのうえ、このページを切り取り、左記へお送りください。祥伝社ホームページからも書き込めます。

〒一〇一－八七〇一
東京都千代田区神田神保町三－三
祥伝社
NON NOVEL編集長　辻　浩明
☎〇三(三二六五)二〇八〇
http://www.shodensha.co.jp/

NON NOVEL

「ノン・ノベル」創刊にあたって

「ノン・ブック」が生まれてから二年一カ月、ここに姉妹シリーズ「ノン・ノベル」を世に問います。

「ノン・ブック」は既成の価値に〝否定《ノン》〟を発し、人間の明日をささえる新しい喜びを模索するノンフィクションのシリーズです。

「ノン・ノベル」もまた、小説《フィクション》を通して、新しい価値を探っていきたい。小説の〝おもしろさ〟とは、世の動きにつれてつねに変化し、新しく発見されてゆくものだと思います。

わが「ノン・ノベル」は、この新しい〝おもしろさ〟発見の営みに全力を傾けます。

ぜひ、あなたのご感想、ご批判をお寄せください。

昭和四十八年一月十五日

NON・NOVEL編集部

NON・NOVEL—1020

長編ミステリー　幻影《げんえい》のマイコ

平成27年2月15日　初版第1刷発行

著　者　太《おお》田《た》忠《ただ》司《し》

発行者　竹内和芳

発行所　祥《しょう》伝《でん》社《しゃ》

〒101—8701
東京都千代田区神田神保町 3-3
☎03(3265)2081(販売部)
☎03(3265)2080(編集部)
☎03(3265)3622(業務部)

印　刷　錦明印刷

製　本　関川製本

ISBN978-4-396-21020-5 C0293

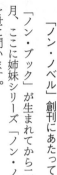